Monika Helfer

Die Jungfrau

AF177821

Gloria und Moni wachsen auf im Mief der sechziger Jahre, sind konfrontiert mit Ehe, Enge und Gewalt. Und obwohl sie sich in vielem unterscheiden, sind sie beste Freundinnen. Was macht eine Freundschaft aus? Wie wird man zu derjenigen, die man ist?

Atemlos und feinfühlig erzählt Monika Helfer von der inspirierenden Konkurrenz unter Freundinnen und von Verbundenheit und Vertrauen, die Jahrzehnte währen.

Monika Helfer, 1947 in Au/Bregenzerwald geboren, lebt in Vorarlberg. Ihr Werk wurde vielfach ausgezeichnet, so erhielt sie für ›Die Bagage‹ (2020) den Schubart-Literaturpreis 2021 der Stadt Aalen, mit ›Vati‹ stand sie auf der Shortlist des Deutschen Buchpreises 2021. Zuletzt erschien ›Wie die Welt weiterging. Geschichten für jeden Tag‹ (2024).

Monika Helfer

Die Jungfrau

Roman

dtv

Das Motto auf S. 5 stammt aus: Hertha Kräftner, Kühle Sterne,
Gedichte, Prosa, Briefe. Aus dem Nachlass herausgegeben
von Gerhard Altmann und Max Blaeulich.
Mit zwei Nachworten. Wieser, Klagenfurt/Salzburg 1997.
Das Zitat auf S. 133 entstammt dem Lied Heidschi Bumbeidschi,
Autoren: Paul Kuhn, Alexander Neuenhauser, DP,
Verlag: Arbos Musikverlag Prom Verlagsges. mbH & Co. KG.

Von Monika Helfer ist bei dtv außerdem lieferbar:
Die Bagage
Vati
Löwenherz

2025 dtv Verlagsgesellschaft mbH & Co. KG
Tumblingerstraße 21, 80337 München
verlag@dtv.de
Lizenzausgabe mit Genehmigung der
Carl Hanser Verlag GmbH & Co. KG, München
© 2023 Carl Hanser Verlag GmbH & Co. KG, München
Umschlaggestaltung: dtv nach einem Entwurf von
Peter-Andreas Hassiepen, München
Umschlagmotiv: Luc Tuymans, Canary, 1998, Öl auf Leinwand,
68,5 x 68 cm, Privatsammlung, © Foto: Ian Reeves
Satz: C. H. Media.Solution, Nördlingen
Satz nach einer Vorlage von Carl Hanser Verlag, München
Druck und Bindung: Druckerei C.H.Beck, Nördlingen
Printed in Germany · ISBN 978-3-423-14926-6

Du bist ein Glanz.
Du bist das Lied der Bäume,
das sich in meine Träume
einsingt wie ein Tanz.

Hertha Kräftner

Meinem Mann Michael gewidmet

Da sitzen sie. Die beiden Mädchen mit den weißen Knie-strümpfen. Sitzen auf der Steinbank. Ihre Beine reichen nicht bis zum Boden. Geradeaus schauen sie. Wohin schauen sie? Es ist noch früh am Morgen. Warum sind sie so früh aufgestanden? Sie wollen sehen, wie die Sonne aufgeht. Vom Bauernhof zu ihrer Rechten weht ein Duft von frisch gemähtem Gras herüber. Also ist Sommer. Und mit dem Duft weht Musik über den Zaun. Der Bauer hat das Radio eingeschaltet. Ein dünner Klang von Blasmu-sik. Da springt der Hahn auf den Misthaufen und schmet-tert sein Kikeriki in den Morgen. Und noch einmal. Die Mädchen wenden den Kopf. Gleichzeitig. Als zupfte ein großer Schausteller über ihnen an den Schnüren. Sie sehen den Hahn. Den goldbraunen mit den grünen Schwanzfedern und dem blutroten Kamm. Ein Schuss und das Tier zerfetzt. Sieht aus wie ein buntes Kopfkissen, das in der Luft zerrissen wird. Der Bauer steht vor dem Scheunentor. Die Flinte im Anschlag. Er sieht die Mäd-chen über dem Zaun. Ihre kugelrunden Augen. Wieder hebt er das Gewehr an seine Achsel. Wendet sich. Zielt auf die Mädchen. Lacht in seine Musik hinein und wirft alles von sich.

Erstes Kapitel

Ich fürchte Überraschungen, wie Vögel Überraschungen fürchten.

An meinem 70. Geburtstag bekam ich Post von meiner Schulfreundin Gloria. Als ich den Brief öffnete, sah ich, dass er von jemand anderem geschrieben worden war, von Glorias Nichte. Ihre Tante habe ihr aufgetragen, mit mir in Verbindung zu treten. Sie wolle mich noch einmal sehen, bevor sie sterbe. Es las sich wie ein Befehl. Obwohl kein Rufzeichen da war. Aber ich meinte die Stimme zu hören, die den Brief diktiert hatte.

Ich wollte sie nicht verlieren. Also fuhr ich mit dem Zug nach Bregenz, ging zu Fuß bis zu den Villen am Hang, stand vor dem Haus, niemand öffnete mir. Das Gartentor, so vertraut, jetzt verrostet, die dreizehnte Fee war hier gewesen. Ich ging nach hinten in den Garten, der überwuchert war, eine Machete hätte ich gebraucht, um durchzukommen bis zu dem Platz, wo die Steinbank gestanden hatte und vielleicht immer noch stand. Von unten war sie nicht zu sehen. Als Sechzehnjährige meinte ich von dort aus besser in die Welt hinaus träumen zu können als von jedem anderen Platz. Oft hatte ich Gloria nur besucht, um mit ihr auf der Steinbank zu sitzen. Sie war der vornehmste Gegenstand in meinem Leben. Wenn mir Gloria erlaubt hätte, allein dort zu sitzen, wenn sie mir eine Tasse Tee gebracht hätte, ich wäre grundzufrieden gewesen. Und sie wäre eifersüchtig gewesen. Und zornig. Weil ich es mir erlaubte, mit mir allein so zufrieden zu sein.

Ich war bei meiner Tante untergebracht, eng und laut, in der Südtirolersiedlung, zusammen mit meinen beiden Schwestern. Der Tee bei Gloria zu Hause schmeckte anders. Dass Tee verschiedene Namen haben konnte, hatte ich bis dahin nicht gewusst. Bei uns hieß er: Schwarztee. Bei Gloria wurde unterschieden – Earl Grey, Darjeeling, Assam, Ceylon. Am elegantesten schmeckte mir Earl Grey. Wahrscheinlich, weil mir Gloria erzählt hatte, er sei nach einem englischen Adeligen benannt. Mein Onkel Theo, der dafür sorgte, dass meine Schwestern und ich zu essen und eine Matratze zum Schlafen hatten, der hätte diesen Tee schon aus Prinzip nicht getrunken, weil er alle Adeligen für Halunken hielt. Das war ein weiterer Grund, warum ich ihn »bevorzugte«. Ja, so drückte ich mich aus. Auf Glorias Frage, was für einen Tee ich wünsche, antwortete ich: »Ich bevorzuge Earl Grey.«

Der Garten war, als hätte ich ihm aus der Ferne zugesehen, wie er älter und alt wurde, vertraut und zugleich einschüchternd, was wusste ich denn, was er erfahren hatte in den vielen Jahren. Ich rief Glorias Nichte an, sie hatte ihre Nummer unter ihren Namen gesetzt und neben den Namen in Klammern: »Tante Glorias Nichte«. Alles so klein, dass es wieder wie ein Befehl wirkte, einer diesmal, der sich mit Schüchternheit tarnte. Das bildete ich mir alles nur ein, ganz gewiss. Gloria war immer eine gewesen, die meine Einbildungskraft anzündete, zu schönen Bildern und zu weniger schönen.

Ich bangte, ich könnte zu spät gekommen sein. Bangte, die Stimme der Nichte am Telefon würde dunkel werden, sobald ich meinen Namen ausgesprochen hätte. Ich sagte, ich stünde vor dem Haus, hätte schon dreimal geklingelt. Ihre Tante höre schlecht, ich solle mir keine Sorgen machen. Sie wohne ums Eck, sie komme gleich. Ich solle mich derweil auf die Bank an der Hauswand setzen.

Diese Bank war neu. Ich kannte sie nicht, eine aus Holz, schwarz von Algen. Vielleicht war sie als Ersatz für die steinerne oben im Garten aufgestellt worden. Weniger vornehm.

Es war Oktober, ich fror, war ungeeignet angezogen, hatte meinen besten Mantel über, einen schwarzen Trenchcoat, der gut in den April gepasst hätte, darunter mein blaues Kleid, ein teurer, dünner, jugendlicher Fetzen, kniehohe Stiefel, das alles, um Gloria zu imponieren.

Zu wem gehörte die Nichte? Gloria hatte einen Nach-
züglerbruder, das hatte ich gewusst. Der hatte aber nie
eine Rolle gespielt. Einmal hatte ich Gloria gefragt, ob er,
dessen Namen ich immer wieder vergaß, denselben Vater
habe wie sie. Da war sie beleidigt gewesen. Ruck und weg,
mit wippendem Rossschwanz über dem selbstbewussten
Nacken. Gloria war sehr gut im Erzeugen von schlechtem
Gewissen bei anderen. Im Erzeugen von doppelt schlechtem Gewissen bei mir. Erstens, weil ich sie gekränkt hatte.
Zweitens, weil ich nicht wusste, was sie gekränkt haben
könnte, ich also obendrein ein unempfindlicher, empa-
thieloser Klotz war. »Wenn du es nicht weißt, hat es auch
keinen Sinn, es dir zu erklären, du würdest es ohnehin
nicht verstehen.« Ein dreifach schlechtes Gewissen, weil
drittens auch noch Dummheit. Was aus dem Bruder geworden war? Meine Fantasie überbietet sich selbst mit Geschichten, und irgendwann sind alle durch, und dann interessiert mich keine mehr, nicht einmal die wahre. Ich
hatte nachgerechnet und kam drauf, dass Glorias Vater
schon längst nicht mehr da war, als ihr Bruder gezeugt
wurde. Glorias Mutter folglich einen Liebhaber gehabt
haben musste. Ich hatte Glorias Mutter beobachtet. Ob an
ihr etwas bemerkbar wäre, das auf einen Liebhaber hätte
schließen lassen. Sie war klein, nicht so klein wie ihre
Tochter, und sehr dick. Das sei sie aber nicht immer gewesen. Im Gegenteil. Noch mit dreißig war sie eine durchaus

zierliche Frau. Fast wie Gloria. Erst als ihr Mann sie verlassen hatte, habe sie sich »endgültig angefressen« – Glorias Worte. Welcher Mann? Ich kann mich nicht erinnern, dem Mann je begegnet zu sein, weder dem einen noch dem anderen. Und der Bruder, was war mit dem? Weg zu seinem Vater, dem Liebhaber? Auf jeden Fall weg. Wo doch überall an den Wänden des Hauses Bilder hingen – keines von Glorias Vater, keines von Glorias Bruder, keines von einem eventuellen Liebhaber. Glorias Mutter konnte mich gut leiden. Sie behandelte mich zwar von oben herab, aber doch so, als traue sie mir zu, dass ich mich irgendwann auf ihr Niveau emporarbeitete. Sie führte mich manchmal durch die Bildergalerie ihres Hauses. Sie sagte zum Beispiel: »Und das hier ist Josef, das ist in Ägypten aufgenommen worden.« Ich wusste nicht, wer Josef war, und sie tat, als wüsste das jeder.

Die Nichte war eine gestandene Frau, wuchtig, in einem gesteppten Mantel, der sie noch wuchtiger aussehen ließ. Bevor sie sich vorstellte, sagte sie, sie sei die einzige Vertraute ihrer Tante, außer mir natürlich, sonst käme kein Mensch in ihre Nähe. – Das war zweideutig: Sonst lasse sie niemanden in ihre Nähe, oder sonst wolle niemand in ihre Nähe. Das eine wie das andere, dachte ich.

»Ich bin Klara«, sagte sie, »und du bist Monika.« Sie duzte mich. Wie eine Verwandte, von der man nichts weiß und die einen duzt, weil sie halt eine Verwandte ist.

Im Stiegenhaus und in den Korridoren roch es muffig. Nichts hatte sich verändert. Der Geruch war nicht älter geworden. Die Tapeten schon. Die Bilder an den Wänden auch. Wie die Bäume im Garten. Alte Bekannte, aber eben alte Bekannte. Menschen bekommen Falten, Dinge werden dunkel.

»Tante!«, rief Klara. »Besuch von Monika! Sie ist tatsächlich gekommen, stell dir vor!«

Wir hörten Wehklagen.

Gloria lag auf ihrem Kanapee, das ich auch noch kannte, eines mit Tulpenmustern und Lampions, mit ewigen Kissen. Sie erhob sich mühsam. Sie trug den Kimono ihrer Mutter. Auf der Vorderseite rechts und links je eine große Lotosblüte, die Stängel unten über dem Saum beginnend, die Blüten über den Brüsten bis zu den Schlüsselbeinen hinauf. Das Gewand war ihr einiges zu weit und zu lang.

»Moni!«, rief sie, auf einmal hellwach, bereit zu einer *Doppelconférence* auf der Bühne. »Hast du heute schon geschrieben, und was?«

»Heute noch nicht.«

»Du sagst, du schreibst jeden Tag.«

»Wann habe ich das gesagt?«

»In einem Interview. Ich lese alle deine Interviews. Ich gebe deinen Namen in den Google ein, drücke auf News und auf die letzten vierundzwanzig Stunden, und dann sehe ich, was es Neues über dich gibt. Das mache ich jeden Morgen. Nicht als Erstes, aber manchmal schon als Zweites.«

»Ich gebe nicht viele Interviews.«

»Ach, komm!«

»Ich schreibe heute Nacht eine Seite.«

»Handelt sie von mir? Du besuchst mich, und hinterher schreibst du eine Seite. Über mich?«

»Hättest du das gern?«

»Ja, Moni, schreib eine Seite über mich, denn wenn ich sterbe, ist dann noch etwas von mir da. Und du glaubst, eine Seite genügt? Oder sagst du eine Seite und meinst, du schreibst etwas, was auch länger als eine Seite sein kann? Sagen Schriftsteller, sie schreiben eine Seite, wenn sie in Wirklichkeit einen halben Roman schreiben? Weil es, so nebenher gesagt, viel lässiger klingt: Ich schreibe eine Seite … Ich kannte einmal einen Philosophen, Gott, ich lüge nicht, der sagte, er muss ein bisschen nachdenken, und dann hat er sich drei Wochen nicht gemeldet. Wenn ich sage, ich muss ein bisschen nachdenken, dann dauert das ›bisschen‹ bei mir höchstens fünf Minuten.«

»Du stirbst nicht, Tante«, sagte Klara. »Was kann ich euch anbieten? Tee?«

Gloria antwortete nicht, reagierte gar nicht. Ich hätte bald gesagt, ich bevorzuge Earl Grey.

»In der Schule hast du einmal ein Gedicht für mich geschrieben«, sagte Gloria. »Erinnerst du dich? Genau genommen ein Gedicht über mich. Das ist ein Unterschied, habe ich recht?«

Sie hatte immer noch ihr herzförmiges Gesicht, keine schlaffen Wangen, die Augen, ehemals wasserblau, jetzt wie erloschen, auch wenn sie sich anstrengte und Lider und Brauen nach oben zog, als spiele sie Erschrecken. Der Mund, der schöne, wie der Bogen des Dschingis Khan, nun ein Strich. Ihr Rossschwanz sah nun aus wie ein Staubwedel, grauweiß, zusammengehalten von einem Küchengummi.

»Ich habe es aufgehoben. Ich weiß sogar, wo ich es finden kann. Soll ich es holen? Eine Minute!«

»Ja, hol es, Tante!«, sagte Klara. »Sag mir, wo es ist, dann hole ich es. Und Monika liest es uns vor. Mit ihrer schönen Stimme. War es mit der Hand geschrieben? Oder mit der Maschine?«

»Bitte, nicht«, sagte ich.

»Ach, komm!«, sagte nun auch Klara.

Und Gloria: »Das wäre doch ein guter Beginn, ein guter Neubeginn für unsere Freundschaft. Die Frage ist doch nur, wer kommt in dem Gedicht besser weg, die Sängerin oder die Besungene?«

Sie machte keine Anstalten, nach dem Gedicht zu schauen.

Ich muss beschreiben, wie Gloria ausgesehen hatte, als

sie jung war. Ihr Mund war ein Schmollmund gewesen, wie der von Brigitte Bardot, nur noch schöner, er war ihr erstes Markenzeichen. Bei der Bardot hatte es ausgesehen, als drücke sie die Lippen absichtlich heraus, bei Gloria nicht. Dabei hatte sie selbst immer wieder gesagt: »Mein Mund ist mein Markenzeichen.« Aber es hatte geklungen, als plappere sie es den anderen nach. Genauso, wie sie oft sagte: »Ich muss mich beeilen, ich habe ein Ablaufdatum.« Ich hatte zurückgefragt: »Womit musst du dich beeilen?« Dann sah sie mich an, als verstünde sie mich nicht. Sie plapperte nach, was andere plapperten, die nicht so einen schönen Mund, die nicht ein so ebenmäßiges Gesicht, die nicht so einen selbstbewussten Nacken hatten wie sie. Nein, sie hatte kein Ablaufdatum. Für diesen Begriff war sie nicht gemacht. Das zweite »Markenzeichen« war ihr Rossschwanz, hoch aufgebunden. Ein ewiges Mädchen, ewig wie die Kissen auf dem Kanapee. Ein langes Leben lang hatte sie keinen Grund gefunden, diese Haartracht zu ändern. Auch ihr Rossschwanz hatte kein Ablaufdatum. Ein Spiegel war immer nicht weit. Nicht, damit sie sich darin bewunderte. Sie wusste, sie war eine junge Frau, die gut aussah. Ich glaube, sie war immer so sehr hinter den Spiegeln her, weil sie sich vergewissern wollte, ob es sie noch gibt. Sie war nicht verliebt in ihr Spiegelbild, sie staunte über sich selbst. Das ist etwas anderes. Wie Narcissus. Der ja, wie mir mein Mann erklärt hat, sich nicht im Wasser betrachtete, weil er sich so schön fand und sich an seinem Anblick immer wieder ergötzen wollte, sondern, weil er sich wunderte, dass es ihn gibt. Das wäre dann das Gegenteil von narzisstisch. Was für ein Missverständnis!

Als mein Vater Gloria zum ersten Mal sah, nahm er ein Wort aus seiner Schatulle, das er sonst nie verwendete: »Zauberhaft.« Ihm gefielen kleine zierliche Frauen. Meine Mutter war so eine gewesen. Mein erster Mann fand Gloria »hinreißend«, so dass ich irritiert war. War ich nicht schöner? Objektiv betrachtet war ich schöner. Aber war ich zauberhaft, war ich hinreißend? Michael, meinem zweiten Mann, stach sie ebenfalls ins Auge – ein merkwürdiger Ausdruck, den ich hier verwende, um mich nicht zu wiederholen, aber der Ausdruck ist richtig, Gloria hat gestochen. Es wäre ihr nicht gelungen, sich den anderen gleichgültig zu machen. Wie sie sich bewegte, wie sie sprach, wie sie einen ignorieren konnte, wie sie Fragen nicht beantwortete. Wollte sie nicht antworten oder konnte sie nicht, dann setzte sie ein Mona-Lisa-Lächel-Gesicht auf, schaute geradeaus, als ob sie über etwas nachdächte, nur nicht über die Frage, die ihr jemand gestellt hatte. Das ließ den Fragesteller klein zurück. Auch die Lehrer hatten sich davon beeindrucken lassen und ihr nicht ein Nichtgenügend eingetragen wie jeder anderen, sondern gar nichts. Und im

Zeugnis dann bekam sie einen Zweier oder sogar einen Einser.

Ich möchte sagen, allen Männern gefiel Gloria. Alle Männer stach sie. Sie stach, und mir tat es weh. Ihre Beine waren nicht so schlank wie meine, ihre Fesseln für ihre Körpergröße zu stark, nicht so schmal und wohlgeformt wie die meinen. Michael, der Gloria nur einmal sah, als wir sie zufällig in der Stadt trafen, fand mich »im Gesamten ausgewogener«. Dieses »differenzierte Urteil« nahm ich ihm sehr übel. Ein Geliebter sollte nicht ausgewogen urteilen, er ist nicht für die Wahrheit zuständig. Er hatte geglaubt, sie flirte mit ihm. Sie flirtete nicht, sie spielte nur Flirten. Die Schauspielerin, die Hamlets Verlobte Ophelia spielt, geht ja auch nicht ins Wasser.

Sie hatte kaum einen Busen, worum ich sie beneidete, meiner war üppig, was ich hasste. Ihre Brüste waren spitz und frech, sie würden ihr Leben lang so bleiben.

Als hätte sie erraten, was ich dachte, beugte sie sich vor, der Kimono klaffte auseinander, und ich konnte ihren nackten Oberkörper sehen. Wir waren beide die Kleinsten in der Klasse gewesen, in der vierten entfernte ich mich von ihr, um ganze zwölf Zentimeter.

»Lösch das Licht, Klara! Mach die Stehlampe an!«, befahl sie. »Moni und ich benötigen Gnade.«

Zu mir sagte sie: »Ich wundere mich, das muss ich schon sagen.«

»Worüber?«

»Dass du nicht nach dem Kimono fragst, dem hier.«

»Was gibt es da zu fragen?«

»Weil er der gleiche ist wie der meiner Mutter. Weißt du nicht mehr? Der Kimono war ihr Markenzeichen.« – Ich erschrak darüber, dass sie dieses Wort benutzte. Als hätte sie mir die ganze Zeit schon in den Kopf geschaut. – »Du selbst hast das gesagt, Moni. Du hast gesagt: Der Kimono ist das Markenzeichen deiner Mutter. Und du hast ja recht gehabt. Nur nicht ganz. Du hättest sagen sollen: Der Kimono ist das Markenzeichen für das Unglück deiner Mutter. Ihr angefressener Leib und der Kimono. Sie hat sich die schöne Taille zugefressen, bis sie ausgesehen hat wie ein Fass. Ja, mich wundert, dass du nicht gleich nach dem Kimono gefragt hast. Ich dachte, die Moni wird erschrecken und sich Sorgen um mich machen, dass ich den gleichen Weg gehe wie meine Mutter und das Haus nicht mehr verlasse und nur noch im Kimono herumgeistere und mich anfresse.«

»Ich dachte, er sei derselbe.«

»Der meiner Mutter?«

»Der, ja.«

»Ein fünfzig Jahre alter Kimono?«

»Warum nicht.«

»Den sie jeden Tag getragen hat und den jemand wie ich jeden Tag trägt? Manchmal bis in den Nachmittag hinein, manchmal bis in die Nacht hinein? Der wahrscheinlich immer noch nach meiner Mutter riechen würde?«

»Du übertreibst.«

»Nein, ich übertreibe nicht. In unserer Familie wird stark gerochen.«

»Das ist mir nie aufgefallen.«

»Weil du zu lieb bist, um das zu sagen.«

»Ich weiß nicht, ob ich lieb bin.«

»Aber ich weiß es.«

»Ich bin nicht lieb.«

»Doch, bist du!«

»Nein, das bin ich nicht.«

»Doch!«

»Ich weiß nur, wenn du sagst, jemand ist lieb, dann ist das nicht günstig für denjenigen.«

»Wenn du genau hinschauen würdest, wüsstest du, dass der Kimono nicht derselbe sein kann wie der meiner Mutter. Er ist nicht einmal gleich. Genau genommen nicht einmal ähnlich.«

Wahrscheinlich hatte sie recht. Und wahrscheinlich hätten wir uns eine Stunde lang und länger darüber unterhalten können. Nicht aus gegenseitiger Rechthaberei. Es war eine der Arten, wie Gloria die Zeit vergehen ließ ... – Jetzt ist dieser Satz niedergeschrieben, jetzt lasse ich ihn stehen. Es gehört ja zu den Glücksmomenten beim Schreiben, wenn ohne viel Nachdenken ein Satz entsteht, der den Schreiber selbst zum Nachdenken anregt. Als wäre mir der Satz diktiert worden. Ich will es nicht übertreiben, dennoch: »Es war eine der Arten, wie Gloria die Zeit vergehen ließ ...« – über diesem Satz könnte man eine Philosophie errichten. Wenn jemand verschiedene Methoden entwickelt, die Zeit vergehen zu lassen, wie schaut so einer die Welt an, wie das Leben, wie sein Leben? Dann ist das Leben doch nur ein Abwarten. Wie sollte jemand, der wartet, etwas an sich und an seinem Leben verändern wollen? Er wartet. Erst wenn eintritt, worauf er gewartet hat, kann gehandelt werden. Dann erst, vorher nicht, kann man zum Beispiel die Frisur ändern.

»Früher«, sagte sie im Tonfall ihrer Mutter, wenn sie mich durch die Bildergalerie des Hauses führte, »habe ich mich in Kleidergeschäften umgehört und umgesehen. Seit es das Internet gibt, ist es leichter und lustiger, du tippst bei Amazon oder irgendwo anders ›Kimono‹ ein, und schon kannst du unter Hunderten aussuchen ...«

Ich legte meinen schwarzen Trenchcoat ab und setzte mich neben sie. Sie kommentierte weder den Mantel noch mein Kleid, noch die Stiefel, die mir jetzt, da ich mit übereinandergeschlagenen Beinen an der Kante des Kanapees saß, hurenhaft vorkamen.

Gloria war nicht frisch gewaschen. Ich gab ihr das Geschenk, ein Chanel, mit dem sie sich sogleich besprühte.

»Ich habe es nötig«, sagte sie. »Waschen ist so einsam, wenn man eh nicht ausgeht. In unserer Familie wird gerochen. Immer noch. Obwohl von Familie nicht mehr die Rede sein kann.«

Sie richtete sich auf, drehte die Lampe in meine Richtung, so dass mein Gesicht im Hellen war.

»Hast dich gut gehalten, Moni«, sagte sie. – Sie war die Einzige, die mich Moni genannt hatte. Die anderen in unserer Klasse trauten sich nicht, die Moni gehörte allein der Gloria. – »Falten passen gut zu einer Schriftstellerin. Lachfalten hast du schon mit zwanzig gehabt. Wie viel Kilo wiegst du? Ich wiege zweiundvierzig, dich schätze ich auf zweiundfünfzig. Hab' ich recht? Wir können ja nicht mehr viel essen. Rauchst du noch? Ich rauche jeden Tag vor dem Schlafengehen eine Marlboro. Aber eine von den großen. Einen Dezimeter lang. Ich habe irgendwann gehört, dass die EU die verbieten will, da habe ich mir hundert Stangen gekauft. Nur Klara weiß, wo ich die Zigaretten verstecke. Gib zu, Klara, manchmal reißt du dir eine Schachtel unter den Nagel.«

Klara war nicht mehr im Zimmer. Wir hatten gar nicht bemerkt, dass sie gegangen war. Ich hörte sie in der Küche.

»Ich rauche schon seit über dreißig Jahren nicht mehr«, sagte ich.

Im Kopf gibt es die Zeit nicht. So gesehen, ist die Schriftstellerei der Warteraum schlechthin.

»Ich bin seit dreißig Jahren krank«, hielt Gloria dagegen. »Genau genommen seit dem Herzinfarkt meiner Mutter. Kaum war sie unten, bin ich krank geworden.«

Und nach einer langen Pause: »Das Urübel ist und war, dass mich meine Mutter Gloria getauft hat. Was kann aus einem Menschen mit diesem Namen schon werden? Immer wird man sagen, die hat eh alles mitbekommen. Die ist schon etwas, bevor sie etwas wird.«

»Was ist es, Gloria?«, fragte ich und nahm ihre Hand. Kalte Hand. Sie ließ sich in mich hineinfallen. Ohne sich zu bewegen. Ich nahm sie auf und streichelte ihr über die Wangen. Ich befreite ihre Haare von dem engen Gummi, und sie fielen ihr über die Schultern. Dünne, fettige Strähnen.

»Meine schöne Gloria«, sagte ich, und ich schwöre, ich wollte es nicht, es kam einfach aus meinem Mund heraus, ich sang: »…wo bist du geblieben …« Vielleicht, weil wir, als wir Teenager waren, alle Schlager auswendig konnten und glücklich waren, wenn wir hinunter zum See rannten und einen Schlager nach dem anderen sangen, nicht zweistimmig, das konnten wir nicht, aber so genau gleich sangen wir, dass einer hätte denken können, es singt nur ein Mädchen. Darauf waren wir stolz. Auf diesen Einklang. Er war der Beweis unserer Freundschaft.

Und prompt fing sie an zu singen: »Sag mir, wo die Blumen sind, wo sind sie geblieben …« Ich stimmte ein:

»Was ist geschehn …« Wir sangen alle Strophen, und weil die letzte Strophe dieses Liedes gleich ist wie die erste, sangen wir das ganze Lied noch einmal und gleich noch ein drittes Mal. Und wieder klang es, als sänge nur eine Stimme.

»Bitte, Moni«, sagte sie, »wasch mir die Haare!«

»Aber Tante!«, hörten wir Klara rufen, sie war gekommen, wie sie gegangen war, wir hatten es nicht bemerkt, und es hatte uns nicht interessiert. »Wir waschen deine Haare einmal in der Woche, und das ist erst morgen!«

»Moni will sie mir aber unbedingt heute waschen. Sag's doch, Moni!«

Im Bad klammerte sie sich an mich wie ein Äffchen. Ich ließ die Wanne volllaufen und half ihr beim Ausziehen. Sie war so mager. Sie rutschte in die Wanne, hielt sich die Nase zu und tauchte unter. Ob ich mich an ihrer Stelle genieren würde? So ausgeliefert einer Freundin, die sie seit über vierzig Jahren kaum mehr gesehen hat? Ich seifte sie ein, massierte dabei ihre Schultern, sie schnurrte und sang, aber diesmal sang ich nicht mit. Sie wollte, dass ich ihr die Achseln rasiere, die wenigen grauen Haare, aber wir fanden keinen Rasierer. Ich wickelte sie in ein großes Badetuch, das ungewaschen roch, säuerlich, und führte sie zum Kanapee. Zur Not hätte ich sie tragen können.

»Moni?«, sagte sie.

»Gloria?«

Sehr leise: »Ich habe ein Geheimnis.«

Ich beugte mich über sie. Klara war nicht im Zimmer. Aber Gloria hätte auch geflüstert, wenn wir die einzigen und letzten Menschen auf der Welt gewesen wären.

»Ich habe noch nie.«

»Was hast du noch nie, Gloria.«

»Moni?«

»Ja?«

»Ich habe noch nie mit einem Mann geschlafen.«

»Das weiß ich doch, Gloria.«

»Ja, das weißt du.«

Ich wusste es nicht. Woher sollte ich das wissen. Mein blaues Kleid war nass vom Gürtel bis hinunter und würde nicht mehr trocknen, bis ich zu Hause wäre.

Klara begleitete mich zur Bushaltestelle, den Weg zum Bahnhof wollte ich nicht mehr gehen. Sie entschuldigte sich für ihre Tante. Sie sei seltsam geworden, sagte sie. Sie bilde sich ein, bald zu sterben. Das müsse man respektieren. Es gebe Menschen, die beschließen zu sterben, und dann sterben sie, vorher aber werden sie »blitzartig« sehr alt. Tante Gloria habe ihr das Haus vermacht, Haus plus Garten, aber eben nur mündlich.

»Ich hätte, ehrlich gesagt, gern eine schriftlich niedergelegte Aussage, etwas vom Notar, schwarz auf weiß, mit

Stempel und Gebühren. Etwas Ordentliches. Wie siehst du das?«

Ich sagte nichts.

Sie habe Sorge, es könnte passieren, dass Gloria ihr Haus und den großen Garten, gemütlich Platz für vier Wohnblocks plus Garagen, im letzten Augenblick dem Tierschutzverein vererbt oder sonst jemandem, der Gutes tut oder auch nicht, nur nicht ihr, ihrer Nichte, die sich immerhin schon ziemlich lange um sie kümmert. Ob ich, fragte sie, meiner Freundin das mit dem schriftlichen Testament und dem Notar verklickern könnte.

»Verklickern?«, fragte ich.

Da erschrak Klara. Sehr erschrak sie, riss die Hände an den Mund, klopfte auf den Mund, als ob er ein böses Kind wäre, dem man einen Klaps gibt.

»Jetzt habe ich alles verdorben«, jammerte sie und schaute mich an. Sie erwartete, dass ich sie in den Arm nehme und sage: Aber nein, Klara, aber nein!

Ich antwortete nicht. Ich schaute geradeaus. Tat, als wäre ich Gloria, der man eine Frage gestellt hatte, die sie nicht beantworten konnte oder wollte. Absichtlich tat ich so. Ich hatte Lust, jemandem weh zu tun. Ganz allgemein. Klara war eben zufällig da. Sie würde denken, ich rate meiner Freundin nun ab, ihrer Nichte mehr als den Pflichtanteil zu vererben. Ich war nicht verpflichtet, sie zu beruhigen.

Michael wartete daheim mit einer Guacamole auf mich. Mit Peperoni, die den Gaumen anzünden. Und Toastbrot. Und Maischips. Ich mag das. Wir aßen und tranken Wein, er weiß, ein Glas, ich rot, zwei Gläser. Seine Frage nach meiner Freundin wehrte ich ab. Ich wollte einfach nur bei ihm liegen.

Zweites Kapitel

Ich schaue durchs Fenster und sehe das mattgraue Grün der Hirschzunge, die ich auf meinem Bergspaziergang ausgegraben und in unseren Garten gepflanzt hatte. Bald werden die Blätter braun und faul, dann schneide ich sie ab und lasse sie verrotten. Ich überlege, wie ich sie beschreiben könnte, ihre pfeilförmigen Blätter, die sich im Frühling aus sich selbst herauswickeln, prallgrün, die Heilpflanze der Hildegard von Bingen, und mir kommt ein Satz von Virginia Woolf in den Sinn. So ungefähr – ich zitiere aus dem Gedächtnis, er steht in ihrem *Orlando*: Wenn die Dichterei stockt, wendet man sich der Natur zu, und die ist, beschrieben, etwas völlig anderes. Und ich denke: Bei Menschen ist es genauso.

Also drängt sich Gloria wieder in den Vordergrund. Dass ich über sie schreiben soll, deshalb: um ihr Leben neu zu erfinden. Diese Absicht traue ich ihr zu. Wenn einer dauernd »Ich« sagt, heißt das nicht unbedingt, dass er daran Gefallen hat, wie er ist. Gloria sagt »Ich« und schaut mich flehentlich an. »Ich, ich, ich!« Von Ich zu Ich ein Löffel mehr Verzweiflung, schon ist das Gericht ungenießbar geworden. Wie damals, als wir Schülerinnen waren. Jemand, der ohnehin im Vordergrund steht, muss sich nicht drängen. Und im Vordergrund steht sie, weil sie jeder vorlässt. Weil ich sie immer vorgelassen habe. Aber heißt das auch, dass sie auf diesem Posten glücklich war?

Wir sitzen nebeneinander auf der Steinbank, unsere Füße berühren den Boden nicht, schon damals wurden Steinbänke für Personen mit längeren Beinen gebaut, wir sagen nichts. Halten wir uns an der Hand? Schaukeln wir mit den Beinen, wie es Zehnjährige tun? Aber wir sind doch schon sechzehn! Schon Frauen. Haare an allen Stellen, wo Frauen Haare haben. Noch zwei Jahre und wir dürfen in jedes Kino gehen! Noch fünf Jahre und wir dürfen wählen. Aber das interessiert uns nicht, also wirklich nicht! John F. Kennedy ist erschossen worden. Wir hören im Radio, wie es geschehen ist, wer es getan hat und vielleicht warum. Hängen bleibt bei mir, dass sein Sohn John-John genannt wird und bei der Beerdigung seines Vaters wie ein Soldat salutiert. Er ist erst drei Jahre alt. Am Tag, an dem Mister President beerdigt wird, ist his birthday. Er grüßt seinen Vater und weiß nicht, dass er nie wieder zur Tür hereinkommen wird. Ich könnte nach Amerika ziehen und mich als Nanny bei den Kennedys bewerben und mich um den kleinen John-John kümmern und Amerikanerin werden, die nach zwanzig Jahren deutsch mit Akzent spricht. Aber daran denke ich nicht, während wir auf der Steinbank sitzen. Es ist Sommer und noch früh am Tag, Tau liegt auf den Blättern der Sträucher, funkelt in den Spinnennetzen. Kein Hauch. Glitzernde Schneckenspuren auf den Steinplatten unter unseren Füßen und im kurzgeschorenen Gras. Von irgendwoher riecht es nach frischem Brot. Ich denke in die Ferne, ferne Zeit, ferner Ort, ich in ferner Zeit, ich an einem fernen Ort, keine wirkliche Zeit, kein wirklicher Ort. Ich habe Gloria den Rossschwanz gelöst und ihr die Haare zu einem Zopf geflochten, alles steht ihr gut. Ich hatte gehofft, sie macht auch etwas mit meinen Haaren, hat sie nicht. Warum sind wir nicht in der Schule? Sind Sommerferien? Gloria und ich sind die Einzigen in der Klasse, die nicht in Urlaub fahren. Nicht nach Italien. Würde uns einer beobachten, die Prinzessin sähe er in ihr. Lieber die zukünftige Chansonette. Oder den zukünftigen Filmstar. Und dann sagt sie zu mir: »Ich beneide dich um deine Gedanken.« Und obwohl ich glaube, diesen Satz hat sie irgendwo aufgefangen und will nichts anderes als ihn an mir ausprobieren, beneide ich sie um diesen Satz. Denn schließlich bin ich die zukünftige Schriftstellerin, die sich schon früh mit interessanten Sätzen hervortun sollte. »Du weißt ja gar nicht, was ich denke«, sage ich. Ich bereite mich vor. Falls sie fragt, was ich denke. Dass meine Gedanken nicht hinter ihren nachstehen, auch wenn ich vermute, dass ihre Gedanken gar nicht die ihren sind. Wer hat schon eigene Gedanken! »Was denke ich?«, frage ich. Sie antwortet nicht. Sie schaut in die Ferne, wie ich in die Ferne schauen sollte. »Sag mir, was denkst du, dass ich denke!« Natürlich antwortet sie wieder nicht. »Bitte, was denke ich?« Dabei war es kein Wettkampf. Es ist unbefriedigend, zu wissen, dass man beneidet wird, aber nicht, worum genau.

Gloria hatte die besten Noten, sie war mathematisch begabt, ich dagegen eine Flasche. So sagte mein Vater. »Du bist in Mathe eine Flasche.« Wir saßen in der Schule nebeneinander. Die linken Bänke hatten eine andere Schularbeit als die rechten. Damit nicht abgeschrieben werden konnte. Ich saß da und wusste nichts. Ein erster Überblick über die fünf Aufgaben: keinen Tau! Noch bevor Gloria sich über ihr Heft beugte, diktierte sie mir. Ich legte das Aufgabenblatt so auf die Bank, dass sie es gut lesen konnte. Sie hatte eine eigene Art, mir einzusagen. Sie stierte geradeaus, schielte nur ab und zu herüber, um die Aufgabe abzulesen, bewegte ihren Kopf aber nicht. Sie flüsterte mit geöffneten, unbewegten Lippen und viel Luft. Sie diktierte mir alles, ich schrieb mit. Wenn ich einmal stockte, weil ich meinte, sie liege falsch, dann zischte sie auf die gleiche unbewegte Art: »Du blöde Kuh, mach, was ich dir sage!« Bei der einen oder anderen Aufgabe hatte ich recht und sie unrecht. Absichtlich hatte sie mir etwas Falsches diktiert. Nachdem wir die Schularbeit zurückbekommen hatten, sie mit einem »Sehr gut« wie immer, ich mit einem »Befriedigend«, und ich mich bei ihr beschwerte, schaute sie mich an, nicht arrogant, aber arrogant wirkend für jemanden, der sie nicht kannte, und sagte: »Denkst du, er hätte dir einen Einser geglaubt?« Nein, das hätte er nicht.

Warum dachte ich immer, sie spielt? Sie sagte mir nicht ein, sie spielte jemanden, der jemandem einsagt. Kürzlich saßen Michael und ich in dem Sushi-Restaurant an der Linken Wienzeile. Uns schräg gegenüber ein Paar, der Mann kehrte mir den Rücken zu. Die beiden unterhielten sich lebhaft. Ich sagte zu Michael: »Schau sie an, diese Frau! Bei allem, was sie tut, bei allem, was sie sagt, spielt sie.« Er gab mir recht. Es war, als wüsste sie von einer Kamera, die wir nicht sahen. Wenn sie zuhörte, spielte sie Zuhören. Wenn sie redete, spielte sie entweder Abwägen oder Überzeugtsein oder Das-interessiert-mich-nicht. Zwischendurch setzte sie eine Pause, indem sie Abschweifen-der-Gedanken spielte. Dann: Verzeihung-ich-habe-gerade-an-etwas-anderes-gedacht. Und gleich: Jetzt-bin-ich-wieder-ganz-bei-dir. Michael meinte, die beiden kennen sich erst seit Kurzem, sie wolle ihm imponieren.

»Nein«, sagte ich, »ich wette, sie sind verheiratet. Sie kennen sich schon lang. Sie ist so. Sie spielt immer. Sie weiß es schon gar nicht mehr. Sie spielt allein vor dem Spiegel und spielt allein ohne Spiegel. Sie weiß nicht, wer sie ist. Es spielt ihr wie von selbst.« Und ich sagte noch: »Sie spielt nicht eine Frau, die sie sein möchte, aber nicht ist. Sie spielt irgendjemanden, nur damit sie selbst glauben kann, dass sie jemand ist.«

»Und das weißt du?«, sagte Michael.

»Das weiß ich hundertprozentig!«, sagte ich. Das war, bevor ich Glorias Brief bekam. Und an Gloria hatte ich dabei nicht gedacht.

Gloria glänzte als Ophelia. Theaterspielen war das Glück von jeder Schülerin in unserer Klosterschule. Ich hätte gern den Hamlet gespielt. Allein schon aus dem Grund, weil der Text vorgab, zu Ophelia zu sagen: *Wenn du heiratest, so gebe ich dir diesen Fluch zur Aussteuer: Sei so keusch wie Eis, so rein wie Schnee, du wirst der Verleumdung nicht entgehen. Geh in ein Kloster, leb wohl! Oder willst du durchaus heiraten, nimm einen Narren, denn gescheite Männer wissen allzu gut, was ihr für Ungeheuer aus ihnen macht. In ein Kloster, geh, und das schleunig! Leb wohl!*

Ich hatte bei der Klosterschwester, die unsere Theatergruppe leitete, gebittelt und gebettelt, dass sie mich den Hamlet spielen lässt. Ich sagte, ich hätte ein ausgezeichnetes Gedächtnis, sie könne mich prüfen, fast die Hälfte, was er redet, könne ich bereits auswendig, nur vom Durchlesen schon – *Sein oder Nichtsein; das ist hier die Frage: Obs edler im Gemüt, die Pfeil und Schleudern des wütenden Geschicks erdulden oder, sich waffnend gegen eine See von Pla-*

gen … – Kann es sein, dass sie mich durchschaut hat? Dass sie gespürt hat, mir geht es nicht um Shakespeare, mir geht es nur darum, dem Mädchen, das die Ophelia spielte, eins auszuwischen? Dabei wollte ich das gar nicht. Es war nie eine Frage gewesen, wer besser Theater spielen konnte, Gloria oder ich. Natürlich Gloria. Ich bewunderte sie. Nur – und das mag jetzt zu kompliziert klingen, als dass es nicht eine Ausrede wäre: Nicht eins auswischen wollte ich ihr, aber die Person spielen wollte ich, die der Person, die sie spielte, eins auswischt. Das ist etwas Ähnliches, aber nicht das Gleiche.

Ich war dann das Volk. Am Ende der Tragödie, da hat sich Ophelia längst schon das Leben genommen, als Hamlet mit ihrem Bruder Laertes fechtet, sollte Volk dabei sein. Das entschied die Regisseurin. Und ich war das Volk. Ich allein. Kein Text. Nur kommentierend schauen sollte ich. Einmal wütend, einmal erstaunt, dann voll Rührung, dann traurig. Nicht einmal das konnte ich. Wobei ich noch heute darauf bestehe: Ich habe absichtlich blöd geschaut. Aus Protest!

Alle sahen Glorias Zukunft als die einer großen Schauspielerin. Unsere Regisseurin hätte sie gern auf der Bühne gesehen, Burgtheater. Wir Schülerinnen hätten sie lieber im Film gesehen. An der Seite von Gregory Peck oder Omar Sharif. Im Metro-Kino und im Forstersaal-Kino liefen *Lawrence von Arabien* und *Wer die Nachtigall stört*.

Ich hätte das Geld nicht gehabt für eine Kinokarte, und Gloria wäre nur mit mir gemeinsam gegangen. Ich ließ mir den Inhalt erzählen und erzählte ihn Gloria weiter, ausgeschmückt, ein gutes Drittel ausgedacht. Sie sagte, der Film könne nicht besser sein. Sie bat mich, vor ihrer Mutter die Filme noch einmal zu erzählen. Die beiden saßen vor mir auf ihrem Kanapee mit den Tulpenmustern und den Lampions und lauschten. Die Mutter hatte eine Flasche Sekt aufgemacht, Krimsekt sei es, sagte sie, hinterher hatten wir einen Schwips. Gloria sagte, diesmal sei ich noch besser gewesen. Als ich viel später, da war ich schon fünfzig oder sechzig, *Lawrence von Arabien* im Fernsehen sah, habe ich mich gewundert.

Weil alle meinten, sie sei von wem auch immer, Gott, Natur, Schicksal, Universum, für die Schauspielerei gemacht, meldete sich Gloria schließlich beim Max Reinhardt Seminar in Wien an. Noch vor Abschluss der Schule. Mit wenig Leidenschaft und wenig Engagement. Und bestand die Aufnahmeprüfung auf Anhieb und bravourös. Drei Stellen hatten jeder Kandidat und jede Kandidatin vorzubereiten. Unsere Klosterschwesterregisseurin beriet Gloria. Mit wenigen Minuten aus dem Winnie-Monolog von Samuel Becketts Stück *Glückliche Tage* – über das Gloria gar nichts wusste, nicht einmal Samuel Beckett kannte sie – gelang es ihr, die Jury zum Lachen zu bringen, die Mitglieder stießen sich mit den Ellbogen in die

Seite und ballten die Fäuste zum Zeichen Herrgott-die-kann's!. Als Antigone rührte sie alle, auch ihre Konkurrentinnen und die herumstehenden Bühnenarbeiter, zu Tränen. Sie rief: »Nicht zu hassen, nein, zu lieben bin ich hier!« Aber, so habe ich mir von ihr erzählen lassen, sie rief nicht, nein, eben nicht, jedenfalls nicht, was man sich unter Rufen vorstellt, sie flüsterte. Flüsterte und rief zugleich. Flüsternd rufen, rufend flüstern – das hat die Jury umgehauen. Ihre Zukunft schien gesichert.

Wer hat mir das erzählt? Gloria. Und das soll man glauben? Ja. Und warum, bitte? Weil Gloria niemals objektiver urteilte, als wenn sie über sich selbst urteilte.

Was ein Ich alles zustande bringt!

Wieder zögere ich, ob ich diesen Satz streichen soll. Als ich mich entschlossen hatte, über Gloria zu schreiben, war mein erster strategischer Gedanke gewesen: Was ein Ich alles zustande bringt. Und wusste wieder nicht, was das bedeutet. Mit strategisch meine ich schlicht: Wie soll ich anfangen, wie soll ich enden, was soll ich dazwischen schreiben. Siehe Virginia Woolf: Beschrieben ist die Natur etwas völlig anderes. Etwas Gemachtes eben. Arme, liebe Gloria! Ich staunte, was ihr Ich schon alles zustande gebracht hatte.

Ich hatte einen Traum, über den ich nur mit Gloria sprach. Ich wollte Schriftstellerin werden. So eine Art Virginia Woolf mit großem Geist, aber kleinerer Nase. Virginia Woolf war die Lieblingsautorin unserer Englischlehrerin – die auch unsere Regisseurin war. Als Wiedergutmachung – denke ich heute –, dass sie mir nicht den Hamlet gegönnt, sondern mich zum Volk degradiert hatte, borgte sie mir *Flush. Die Geschichte eines berühmten Hundes* auf Englisch und *Orlando* und *Die Fahrt zum Leuchtturm* auf Deutsch. In *Orlando* war ich vernarrt. Ich kannte mich in Literatur aus, das durfte ich mir einbilden, mein Vater besaß mehr Bücher als die Väter aller anderen Schülerinnen zusammen, Virginia Woolf aber stand nicht in seinen Regalen. Er wusste von dieser Schriftstellerin nichts. Schwester Amatha schenkte mir *Orlando*.

»Bist du neidisch auf Gloria?«, fragte sie mich irgendwann, ohne dass wir über Gloria gesprochen hatten, ohne Anlass.

»Warum sollte ich?«

»Wer Gegenfragen stellt, lügt.«

Sie war ein bisschen verliebt in mich. Dass sie mich nicht den Hamlet hatte spielen lassen, war ihr verquerer Versuch, mich auf sie aufmerksam zu machen. Darauf hat mich übrigens Gloria gebracht. Gut zehn Jahre später, als wir uns wieder einmal trafen, wieder zufällig. Sie sagte: »Die hätte dir gern zwischen die Beine gegriffen und dir den Finger hineingesteckt.« Da war ich baff. Aber ich erinnerte mich. Gloria konnte sehr ordinär sein. Ihre Mutter auch. Als bräche manchmal bei ihnen ein Tourette-Syndrom durch. Dann lachten sie wie Hexen. Wie im Film.

Mein Vater besaß Kindlers Literaturlexikon. Ich suchte darin nach Virginia Woolf. Las die wenigen biografischen Angaben und las immer wieder im *Orlando*. Von ihren blassen Sommerwolken, ihren veilchenfarbenen Hügeln, ihren schwarzen Tälern. Und setzte mich in der Nacht, wenn meine Schwestern, mein Bruder, mein Vater und meine Stiefmutter schliefen, in die Küche und schrieb. Ich hatte in den Ferien in einer Stickerei gearbeitet und hatte mir zusammen mit meinem Ersparten und einem Kredit bei meinem Vater auf zweimal Weihnachten und zweimal Geburtstag eine Reiseschreibmaschine gekauft. Nichts Billiges. Das Beste. Eine Olivetti. Türkises Metall. Türkise Ledertasche. Ich las irgendwo, Hemingway habe nur im Stehen geschrieben. Kein Mensch könne einen vernünftigen Dialog im Sitzen schreiben. Ich versuchte es. Gemütlicher war dann doch Sitzen.

Mit achtzehn lernte ich meinen ersten Mann kennen. Mit zwanzig heiratete ich. Mit einundzwanzig brachte ich einen Sohn zur Welt.

Wenn Gloria in den Ferien aus Wien kam, besuchte sie mich. Meine kleine Familie wohnte im Haus meiner Schwiegereltern, irgendwo abseits. Gloria fuhr mit dem Bus. Und musste dann noch fast einen Kilometer gehen. Das nahm sie auf sich, um mich zu sehen. Sie hatte ihren Weekender zu Hause abgestellt, hatte in die Wohnung hineingerufen: »Ich besuche Moni, ciao!« Sie klingelte an unserer Haustür und trat fünf Schritte zurück. Falls mein Mann öffnete. Was hätte sie dann gemacht? Sich versteckt? Wäre sie davongelaufen? Ich soll mit ihr im Bus in die Stadt fahren, sagte sie. Sie warte draußen. Ich richtete mich schnell her, gab den kleinen Oliver zu meiner Schwiegermutter hinauf in den ersten Stock, hörte mir ihre Vorwürfe nicht an und floh. Floh mit Gloria. Im Bus sangen wir gemeinsam. Eine Landbusfahrt von einer Dreiviertelstunde, aber als ginge es in die weite Welt hinaus! Die Fahrgäste drehten sich nach uns um. Und lächelten. Weil sie gern so gewesen wären wie wir und glücklich waren, doch anders zu sein. In der Stadt setzten wir uns in ein Café, bestellten Cola mit Rum oder Gin Fizz und spazierten danach am See entlang. Ich erzählte mehr als sie. Ich erzählte, als wären Verheiratetsein und Muttersein so etwas wie ein Ferialjob, der im Herbst aufhört.

»Schreib, schreib!«, rief sie aus. »Schreib Tag und Nacht! Ich werde in deinen Theaterstücken die Hauptrolle spielen. So könnten wir um die Welt ziehen. Den kleinen Oliver nehmen wir mit. Hast du den Film gesehen *All About Eve*? Da gibt es eine Schauspielerin, gespielt von Bette Davis, die ist mit einem Theaterschriftsteller liiert, und die beiden feiern Riesenerfolge, Marylin Monroe spielt auch mit, eine kleine Nebenrolle, wir haben den Film im Seminar dreimal angeschaut, ein Meisterwerk. Hintereinander. So könnten wir es machen, du und ich. Gloria und Moni. So könnten wir uns nennen. In Amerika klingt Moni nicht wie die Abkürzung von Monika. Wir können Moni mit doppelt E schreiben. Und zwischen den Silben ein Bindestrich: Mo-Nee. Gloria and Mo-Nee. Dagegen stinkt Gloria direkt ab. Ich muss mir einen neuen Namen suchen. Auf jeden Fall ein Gespann. Schauspielerin und Autorin. Das gibt es bisher nicht. Die Autoren sind immer Männer. Arthur Miller und Marylin Monroe, Hemingway und Ingrid Bergman. Eine Schauspielerin allein, das kann ich dir sagen, ist gar nichts. Und eine Autorin allein auch nicht.«

Sie sprühte. Und sie wusste, dass sie sprühte. Sie sagte selbst: »Ich sprühe!«

»Ich schreibe keine Theaterstücke«, sagte ich.

»Warum nicht?«

»Ich schreibe kleine Erzählungen. Kurze Texte. Mehr Zeit habe ich nicht.«

»Kein einziges Theaterstück?«

»Nein.«

»Und hast auch nicht vor, ein Theaterstück zu schreiben?«

»Hab' ich noch nicht darüber nachgedacht.«

»Kein Theaterstück also.«

»Nein.«

Über den kleinen Wortwechsel war sie ernst geworden und dunkel.

»Wegen mir nicht?«, fragte sie.

»Warum wegen dir nicht?«

»Ich weiß nicht, warum wegen mir nicht. Sag du es mir!«

»Warum sollte ich wegen dir kein Theaterstück schreiben?«

Gloria hatte sich in den Professor für Rollengestaltung verliebt. Er hatte den Namen Andrea. Wie interessant! Dass in Italien Frauen und Männer so heißen können. Das hatte ich nicht gewusst. Schon war die Welt ein wenig größer geworden. Ganz zu schweigen von seinen schwarzen Locken. Er war allerdings verheiratet und hatte vier Kinder. Und er war sehr katholisch. Und immer unrasiert. Da musste er in der damaligen Zeit ein Draufgänger sein, ein wilder Hund. Und trotzdem ein Katholik, ein guter obendrein? Und gleich war die Welt noch ein Stückchen größer. Aber er hatte nur ein »heimliches Interesse« an Gloria. Darunter litt sie. Sie wollte die Schauspielerei aufgeben. Sie schwänzte die Seminare. Sie hoffte, dass er sie zurückhole. Tat er. Er kriegte heraus, wo sie wohnte. Eine winzige Wohnung in der Neustiftgasse. Oben unter dem Dach. Wie wir uns auf der Steinbank vorgestellt hatten, dass wir in Paris leben würden, wir beide, Atelierfenster und ein Kohleofen und Stangen Baguette. Er pumperte an die Tür. Ein Nachbar kam und sagte, er solle damit aufhören. Den brüllte er an. Dass er mit einem Schwitzhemd nicht rede. Da hat ihn der Nachbar gehauen. Er hat geblutet. Und sie, Gloria und er, sind sich in die Arme gefallen. So ihre Erzählung. Eine ganze Woche haben sie das winzige Zimmerchen mit Küche und Klo mit Waschbecken und ohne Lüftung nicht verlassen. Wie glückliche Tiere.

»Was verstehst du unter einem heimlichen Interesse?«, fragte ich.

»Eigentlich ein unheimliches Interesse«, sagte sie. »Er fickt mich nicht.« – Das war in jener Zeit eine schockierende Redewendung. – »Ich hab' ihm gesagt, er soll mich ficken. Er tut es nicht. Wegen der katholischen Höllenqualen, vermute ich. Ob ich ihm das nicht wert sei, hab' ich ihn gefragt. Er sagt: Du weißt nicht, wovon du redest. Er fickt mich nicht. Nicht ums Verrecken fickt er mich!« Sie mochte das Wort. Als wäre mit dem Aussprechen wenigstens ein bisschen was geschehen.

Dann habe er bereut und sei zurück zu seiner Familie.

Sie stellte ihm nach, legte sich auf die Fußmatte vor seiner Wohnung. Seine Frau stolperte über sie, fiel hin und verstauchte sich den Knöchel. Der Professor kam aus der Tür heraus. In Unterhosen. Das Unterhemd hineingesteckt, die Unterhosen über den Bauch gezogen. Wie ein Baby. Und in Strümpfen. Sie habe gesagt: Nein, nein, du brauchst dich nicht zu schämen! So würde ich dich doch sehen, wenn wir verheiratet wären. Vor mir brauchst du nicht schön zu sein. Dann habe sie die am Boden liegende Frau des Professors angefleht: Bitte, lassen Sie sich scheiden! Ich will Ihren Mann heiraten! Dass sie ihr viel Geld zahlen könne. Dass sie ein großes Haus erbe irgendwann, wenn ihre Mutter gestorben sei. Aber dass sicher jede Bank ihr jetzt schon einen Kredit gebe. Wenn einer ein Haus besitze, seien die Banken ganz verrückt danach, einen Kredit zu geben, heutzutage. Drauflosgeredet! Die Frau rief die Polizei. Verwarnung! Der Professor traf sich aber nach wie vor mit Gloria. Er könne nicht anders! Sie sei sein Dämon! In einer leeren Turnhalle. In Waschräumen mit Schimmel an den Wänden. Seine Hand in ihrer Unterwäsche. Ihre in seiner. Mehr aber nicht! Wieder wegen der Hölle. Der Mann lasse sich vielleicht den Gott ausreden, aber nicht den Teufel.

Und dann schmiss sie das Max Reinhardt Seminar hin. Aus der Traum! Kam zurück. Und sah ihrer Mutter beim Sterben zu.

Ich zitierte Ophelia: »O welch ein edler Geist ist hier zerstört!« Tat aber so, als würde Hamlet sprechen und Ophelia wäre gemeint.

Ein schöner Oktobertag heute. Ich arbeite im Garten. Ich tu, als arbeite ich. Ich habe ja alles schon fertig gemacht für den Winter. Die Hirschzungen könnte ich zurückschneiden. Das Kraut lasse ich an Ort und Stelle liegen. Der Winterschnee macht, dass sich die welken Blätter verflüssigen und in die Erde sinken und zu Dünger werden, zu Dünger von ihresgleichen. Die Pflanzen ernähren sich von sich selbst. Vielleicht werden wir, wenn tatsächlich niemand, niemand auf der ganzen Welt mehr an Gott glaubt, unsere Lieben nach ihrem Tod aufessen. Begraben in unseren Bäuchen. Und kauend werden wir singen. Besser doch als in der Erde verscharren, die uns nur wenig angeht. Oder verbrennen wie Sondermüll. Vor zwei Wochen hatte uns unsere Tochter Undine besucht, zusammen mit ihrem letztgeborenen Sohn, dem Anton. Mit dem Anton könnte ich solche Dinge besprechen. Mit Undine nicht. Sie würde sagen: »Komm, bitte, Mama, bitte, nicht!« Sie haben mir im Garten geholfen. Wenn Undine zugreift, geht etwas vorwärts. So habe ich jetzt eigentlich nichts mehr zu tun. Ich zupfe hier, zupfe dort. Trage einen Topf hierhin, einen anderen dorthin. Knete in der Erde, als wollte ich fürs Frühjahr trainieren. Michael sitzt in seinem Arbeitszimmer, er hat das Fenster geöffnet, der Föhn bläst, er mag das, ein verlogener Frühling, sagt er. Ich höre den Dylan aus seinem Zimmer.

Drittes Kapitel

Traum und Trauma: der Vater.

Einmal war er Pole, dann Tscheche, dann Rumäne, dann ein tapferer albanischer Antikommunist, in der Hand eine lange Flinte, auf dem Kopf die Qeleshe, dann ein Baske, zuletzt ein bisschen ein Ungar – Ojciec, Otec, Tatǎ, Babai, Aita, Apa.

Gloria fuhr mit dem Zug nach Lindau auf die Insel, da war sie fünfzehn. – Ich springe in den Zeiten, die Erinnerung schert sich wenig um Chronologie, das ist beim Schreiben mein erstes Problem, wer meine Geschichte liest, muss sich damit abfinden, darum bitte ich. – Das war längst, bevor sie in Wien am Max Reinhardt Seminar studierte, sie besorgte sich in der Buchhandlung Stettner einen Packen Langenscheidt Wörterbücher, die kleinen, handlichen, abwaschbaren. Erst wollte sie nur ein polnisches, dann sah sie das Regal mit all den anderen und kaufte alle, Französisch, Englisch, Spanisch, Italienisch und so weiter, dazu. Ich hätte gleich zu Beginn meiner Geschichte schreiben sollen: Achtung, es könnte sein, dass nicht alles, was meine Freundin mir erzählte, der Wahrheit entspricht. Aber ich bitte um Nachsicht. Gloria gegenüber. In einem Leben, in dem die Wirklichkeit von der Einbildung in die Bedeutungslosigkeit gedrängt ist, muss die Frage nach der Wahrheit merkwürdig klingen. Als ein sprachlicher Störenfried. Darf ein Leben in der Einbildung nicht ebenso als Wirklichkeit bezeichnet werden?

War ihre Mutter überhaupt verheiratet gewesen? Es gab Berichte von einer Sonnenhochzeit, aber auch von einem freien Gelöbnis mitten im Feld unter Vollmond und dahinrasenden Wolken. Wenn ihre Mutter, so Gloria, über ihn gesprochen habe, sei sie in eine Art Trance gesunken, sie habe geredet wie unter Hypnose. Ohne Pause. Bis sie der Hunger zurückholte.

»Sie hätte sich«, sagte ich zu Gloria, »eine Sekretärin leisten sollen, die mitschreibt, drei Romane pro Jahr hätten daraus werden können. Bestseller. Ihr wäret berühmt geworden.«

Da war Gloria böse. Warum? Weil ich die Mehrzahl verwendet hatte.

»Ich bin nicht meine Mutter!« Was so viel geheißen hat wie: Ich glaube an meinen Vater, sie nicht an ihren Mann.

Traum und Trauma der beiden Frauen – in diesem großen Haus mit dem großen Garten dahinter, zu dem meine Tante »Park« gesagt und angesichts dessen mein Onkel nach »Enteignung!« gerufen hätte. Woher so viel Besitz, woher so viel Geld? Ich fragte, und Unwille war die Antwort. Ich fragte wieder. Warum ich nur von Geld reden könne, war die Antwort. Meine Antwort: »Weil ich keines habe.«

Gearbeitet ist nicht worden. Nur einmal in ihrem Leben, da war sie schon über dreißig, hatte Gloria einen Job angenommen – weil sie etwas ausprobieren wollte.

»Wolltest du ausprobieren, wie es sich anfühlt, wenn man so blöd ist und keine Erbschaft hat?«

Sie schaute mich an. »Was für eine Erbschaft?«

Sie dachte, das Geld auf dem Konto wächst nach wie die Zwetschken auf den Bäumen rechts und links der Steinbank. Nach einer Woche gab sie auf. Als Bedienung in einem Café. Man hätte sie gerne weiter gewollt. Sie sei süß. Es sei süß, ihr zuzusehen, wie sie zu einem Tisch geht, adrett und irgendwie flink, und die Bestellung aufnimmt, das Kinn vorgereckt, der Rossschwanz wippt, als wäre sie keine Kellnerin, sondern jemand, der jemandem einen Gefallen tut, und das gern, eine Gastgeberin. Sagte die Besitzerin. Gloria behauptet noch heute, ihre Nachfolgerin damals habe ihr ähnlich gesehen.

»Du hast Schule gemacht«, sagte ich. Ich hätte gewettet, das kränkt sie wieder.

Sie aber war begeistert. »Du hast mir den Tag gerettet!«, rief sie aus. »Ich bin eine Trendsetterin! Das ist doch etwas Gutes! Das kann doch fast niemand von sich behaupten!«

»Das ist doch schon lange her«, sagte ich.

Aus der Anekdote mache ich ein Charakterbild: Gloria sah sich immer gegenwärtig. Deshalb würde sie auch als alte Frau nie über etwas lachen können, was ihr als Kind Sorgen gemacht oder weh getan hatte oder peinlich gewesen war. Und wenn ich ihr in den Kopf setzte, dass sie vor vierzig Jahren eine Trendsetterin gewesen sei, wie sie sich ausdrückte, dann war sie heute noch eine und in Ewigkeit.

Die beiden lebten, die Worte meiner Tante: »auf großem Fuß«. Dabei wusste meine Tante gar nicht, wie groß dieser Fuß tatsächlich war, und sie hätte sich gewundert, dass keine fünfhundert Meter von unserer Südtirolersiedlung entfernt so große Füße überhaupt Platz haben. Noch einmal: Woher das viele Geld? Sie kauften alles und von allem und immer zu viel, Kleider, Essen, Schuhe, Kissen, Gartengeräte, Kochtöpfe, Kerzen, Gewürze, Kleiderbügel. Und warfen die Hälfte der Lebensmittel in den Mistkübel und zogen die neuen Kleider vielleicht nur einmal über oder gleich keinmal, packten die Kleiderbügel erst gar nicht aus und machten sich lediglich Rohrkartoffeln mit Kräutertopfen oder Spaghetti Bolognese und nicht, was sie sich in dem feinen Lebensmittelgeschäft in der Kaiserstraße oder später im Supermarkt ausgemalt, das sie zu Hause zubereiten würden, und woraufhin sie den Einkaufswagen bis obenhin aufgefüllt hatten. Die

Shrimps, die Kokosmilchdosen, die norwegische Lachs-
forelle, die Krebssuppe, die Trüffelpastete, die sündteu-
ren eingeschweißten japanischen Kobe-Rinder-Steaks und
was sonst noch landete im Müll. Ihre Müllsäcke jede Woche waren so umfangreich wie die aus unserem Block. Die
Pullover, Röcke, Jeans, Blusen stapelten sich in den Kästen
der Zimmer, die nicht bewohnt wurden, oder blieben
frischweg in den Einkaufstüten. Dafür wurden die alten
Sachen getragen, bis sie zerfielen, siehe Kimono. Ich könnte, ich hätte, ich würde – zwei Leben in der Möglichkeits-
form.

Zuerst habe die Mutter erzählt, der Vater sei ein Pole.
Sie konnte ein paar Worte Polnisch. Das war der Beweis. –
Dzień dobry. Słońce świeci. Radzę sobie. – Gemeinsam
schauten sie sich im Schulatlas Europa an, suchten die
Heimat des Mannes und Vaters, umkreisten mit dem Finger die Städte und lachten, weil Polen wie ein Knödel aussah, mittendrinnen, Hauptstadt Warschau, auf der Skala
am Radio stand: Warszawa. Dann behauptete sie, der Vater sei ein Tscheche gewesen, Hauptstadt Prag, Praha. Auf
Tschechisch kannte sie nur ein Wort: Wurst – Klobása. Für
Osteuropa hatte die Mutter ein Faible. Weil es so weit fort
war. Weiter als Australien. Hinter mehr als sieben Bergen.
Hinter dem Eisernen Vorhang nämlich. Niemand konnte
nachprüfen, was dort im Detail geschah. Niemand konnte
nachprüfen, ob stimmte, was einer von dort erzählte. Der

Vater sei geflohen. Wie die Ungarn damals, von denen sich immer noch welche im Land finden ließen. Und sei die ganze Strecke zu Fuß gegangen. Bis hierher. Er habe sich unter dem Stacheldraht an der Grenze zu Österreich durchgezwängt und -gewunden, habe mit den Händen das Erdreich abgetastet wegen der eingegrabenen Sprengminen. Zu zweit seien sie gewesen, der Freund aber habe bald aufgegeben und sei zurückgekehrt und habe freiwillig ausgesagt und den Vater verraten, weswegen er einen anderen Namen annehmen musste, weswegen Gloria bei ihrem und dem Leben der Mutter schwören müsse, dass sie niemandem je davon erzähle, weswegen auch ich schwören musste, auf ewig Stillschweigen zu bewahren. Was ich auch gehalten habe, von Niederschreiben war ja nicht die Rede gewesen. Dann alles retour: Nicht Pole und nicht Tscheche, sondern Albaner respektive Baske, wenn nicht gar Bulgare, am Ende Ungar. Gloria schloss daraus: Entweder ihn gibt es immer noch, damit meinte sie, in greifbarer Nähe, also dass er irgendwo ums Eck wohnte und weder das eine noch das andere war, sondern schlicht ein Österreicher, wahrscheinlich sogar einer aus Bregenz, im schlimmsten Fall ein »Vorklöstner« – Vorkloster war der ärmste, folglich niedrigste Stadtteil, dort war die Südtirolersiedlung, dort wohnten wir in einer Dreizimmerwohnung, meine Tante, mein Onkel, Cousin und Cousine, meine Schwestern Renate und Gretel und ich.

»Oder aber er ist nach Amerika ausgewandert«, sagte Gloria.

»Warum nach Amerika?«, fragte ich.

»Wohin denn sonst!«, antwortete sie und setzte ein Gesicht auf, Blick schräg nach oben, am Rand der Verklärung, als würde sie beobachtet. Nicht von mir, von der Welt.

So jung und unerfahren ich war, den Kern dieses Märchens erkannte ich, und ich wollte nicht daran rühren. Sie waren verlassen worden. Ich hätte Gloria trösten können, ich hätte zu ihr sagen können: Gloria, gräme dich nicht, du hast ihn ja gar nicht gekannt. Es kann einem nicht fehlen, was man nicht kennt – und außerdem seid ihr reich, und Geld macht so gut wie alles besser. Aber so jung und unerfahren ich war, spürte ich, schon wenn mir die Luft in dem Haus um die Nasenlöcher strich: dass Mutter und Tochter in ihrem Schmerz nur eine, eine gemeinsame Seele hatten. Nicht zwei Seelen in einer Brust, sondern eine Seele in zwei.

Manchmal führte mich auch Gloria durch das Haus. Sie passte eine Gelegenheit ab, wenn ihre Mutter ausgegangen war. Zum Friseur zum Beispiel. Oder ein Arztbesuch. Oder zum Kaufrausch beim *Sagmeister*, das war das erste Damenmodehaus der Stadt, wo sie sich nur Kleider aussuchte, die ihr gepasst hätten, bevor sie sich zu einer Kugel aufgefuttert hatte. Oder in den Feinkostladen in der Kaiserstraße, was sie kaufte, wurde von einem Boten zugestellt. Oder sie saß in der Konditorei Bohle und mampfte Sachertorte oder Schwarzwälderkirsch oder Esterhazyschnitte oder Schaumrolle oder Käsesahne oder Bienenstich. Gloria tat, als würde sie mich in ein Geheimnis einweihen. Obwohl wir allein in dem Haus waren, flüsterte sie. Ich spielte mit. Rief »Oh!« und »Ah!«. Drückte mir auch den Zeigefinger auf den Mund, wenn sie es tat. Dabei hatte ihre Mutter, und das mehr als einmal, in Glorias Anwesenheit zu mir gesagt: »Monika, fühle dich bei uns zu Hause. Unser Haus ist dein Haus.« Und sie hat es so gemeint. Ich zählte zwölf Zimmer. Küche und Bad nicht mitgerechnet. Davon waren nur drei bewohnt, das Schlafzimmer der Mutter, das Wohnzimmer, wo das Kanapee mit den Tulpenmustern und den Lampions, die Radioplattenspielerkommode und später der Fernseher standen, und Glorias Zimmer. Merkwürdigerweise war Glorias Zimmer schlicht. Fast spartanisch. Und aufgeräumt. Ein schmales Bett, über dem eine einfarbige Decke lag, altrosa, wenn ich mich recht erinnere, ein Kasten ohne Schnörkel, ein Schreibtisch, das heißt eine Holzplatte auf zwei Nachttischkästchen. Ein Fenster ohne Vorhänge – was mich unruhig macht. Die anderen Räume waren angefüllt mit Sachen, bei manchen war es schwer, die Tür zu öffnen. Ich wiederhole mich: So jung und unerfahren ich war, ich stellte mir vor, all dies wartete darauf, in Verwendung genommen zu werden, wenn endlich – wenn er endlich zurückkommt. Frauen und Haus waren in Bereitschaft. Irgendwie war es der Mutter gelungen, die Illusion in Glorias Herz zu implantieren. Nur damit kein Missverständnis aufkommt: Nicht, dass hier Unbewusstes werkelte, nein, ich denke, die Mutter hat das mit Absicht getan. Mit Plan und Absicht. Die Illusion, die Sehnsucht, auch der Hass, die Angst, die Unbefriedigtheit sollen nicht sterben, wenn ich sterbe … Sie sind mein Erbe. Grund und Boden, Haus und Geld hat man eh.

Ich begebe mich auf ein Feld, das ich nur im Nebel kenne. Statt weiter herumzutasten und zu spekulieren, will ich eine Begegnung mit Glorias Mutter erzählen.

Ich schicke voraus: Ich hatte immer geglaubt, sie mag mich. Als Gloria und ich sehr eng waren miteinander, von dreizehn bis achtzehn, war ich fast jeden Tag bei ihr zu Hause gewesen, nicht an den Wochenenden. Ihre Mutter war im Wohnzimmer gesessen, der erste Haushalt mit einem Fernseher in unserer Gegend, ab Nachmittag gab es Programm, da saß sie davor und schaute und aß. Dreimal in der Woche kam eine Zugehfrau – Frau Meierbeck, ha, ich erinnere mich an ihren Namen! –, die arbeitete schweigend, kehrte und wischte um die Beine herum, um die Beine von Glorias Mutter, um Glorias Beine, um meine Beine. Immer wenn mir Gloria die Tür aufgemacht hatte, klopfte ich zuerst beim Wohnzimmer an und sagte »Grüß Gott!«. Mit meinen dreizehn Jahren machte ich noch einen Knicks. Das gefiel ihr. Nicht nur einmal rief sie, ich solle mich doch eine Minute zu ihr setzen. Jedes Mal zog mich Gloria weg in ihr Zimmer, wo ich mich nicht wohl fühlte. Meistens saßen wir übrigens im Stiegenhaus. Das fällt mir jetzt ein. Dort fand ich es sehr gemütlich. Wir saßen auf den Stufen, machten unsere Hausaufgaben, auf einer Stufe die Hefte, auf der nächsten die Bücher, unter uns zwei Gläser mit Apfelsaft oder dem vorzüglichen prickelnden Waldmeistersekt meiner Tante, den ich mitbrachte.

Einmal steckte mir Gloria in der Schule den Haustürschlüssel zu, ihre Mutter sei am Nachmittag nicht zu Hause, und sie, Gloria, komme erst irgendwann, sie gab manchmal Nachhilfeunterricht in Mathe, ich solle inzwischen im Haus auf sie warten. Das war aufregend für mich. In der Sekunde dachte ich, ich werde das Haus ausspionieren, vom Keller bis zum Dachboden. Weder den einen noch den anderen hatte mir Gloria gezeigt. Der Keller war wahrscheinlich wenig interessant. Obwohl Gloria manchmal so tat, als fürchte sie sich vor ihm. Sie tat so. Und sie tat in einer Weise so, dass ich merken sollte, dass sie nur so tat. Sie wartete auf Fragen. Die ich ihr aber nicht stellte. Über den Dachboden sprach sie nicht. Vom dritten Stockwerk führte eine schmale steile Treppe nach oben.

Ich hatte gefragt, was dort sei. Da antwortete sie, nur Staub, sonst nichts. Diesmal wollte sie, dass ich ihr glaubte. Das merkte ich und glaubte ihr nicht. Ich möchte betonen, ich war nie und bin nicht eine Schnüfflerin. Fremde Schubladen interessieren mich nicht. Dieses Haus aber war eine Ausnahme. Ein friedliches Märchenungeheuer.

Es gab einen unteren und einen oberen Dachboden. Der obere war über eine Ziehleiter erreichbar, und er war tatsächlich leer. Tote Wespen, sonst nichts, kleine blinde Fensterchen. Im unteren Dachboden waren zwei Zimmer und ein großer, leerer Abstellraum. Die Zimmer waren eingerichtet wie eine kleine Wohnung. Auch ein Waschbecken war hier. Neben dem Waschbecken auf einer Kommode zwei Kochplatten. Die Zimmer hatten jedes eine Tür und waren außerdem über eine Schiebetür miteinander verbunden. Sie waren gemütlich eingerichtet, nicht überladen, nicht vollgestellt. Als gehörten sie nicht in dieses Haus. Ein grüner Lederfauteuil, ein Korbsessel, ein Tischchen aus Peddigrohr mit einer Glasplatte. Im anderen Zimmer ein Doppelbett, ebenfalls aus Rohr, rechts und links Nachtkästchen. Ich zog die Schubladen auf, da war nichts.

Ich setzte mich in das Lederfauteuil und wurde ganz ruhig. Es war still. Ich fühlte mich nicht fremd, nicht als ein Eindringling. Gern hätte ich mich aufs Bett gelegt und ein bisschen geschlafen. Es wäre schön, hier zu schlafen, dachte ich, man musste nichts träumen. Ich hatte nie ein eigenes Zimmer besessen. Ich hatte nie allein in einem Zimmer geschlafen. Das müsste herrlich sein, dachte ich. Dass niemand irgendetwas verstellt, dass die Dinge dort sind, wo ich sie sein lasse, morgen, übermorgen. Allein in einem Zimmer Hausaufgaben machen. Allein in einem Zimmer ein Buch lesen. Allein in einem Zimmer dasitzen und nichts tun und nichts denken. Gleichzeitig älter werden mit den Dingen. Niemand und nichts überholt den anderen. Hätte mich die große Wunscherfüllungsmaschine in diesem Augenblick gefragt, ich hätte geantwortet: Dass die beiden Zimmer meine sind.

Ich hörte jemanden die Stiege heraufkommen und hörte Glorias Mutter schnaufen. Ich dachte gar nicht daran, mich zu verstecken. Es wäre leicht gewesen, ich hätte genügend Zeit gehabt, in die Abstellkammer zu entwischen. Ich war ganz ruhig. Es würde mir nichts geschehen. Außer, dass Glorias Mutter böse auf mich sein könnte. Aber wenn schon. Dass sie Gloria etwas erzählen würde, glaubte ich nicht. Aber wenn schon. Dann wäre die Freundschaft eben vorbei. Der Gedanke daran war sogar erleichternd. In den wenigen Augenblicken, bevor Glorias Mutter die kleine Wohnung betrat, in deren Mitte ich auf dem grünen Lederfauteuil saß, die Beine ausgestreckt, die Arme müde über den Lehnen, fiel mir mein Leben ein als eines, das sehr einsam geworden war. Warum? Weil ich mir alle anderen Freunde und Freundinnen abgewöhnt hatte. Warum? Weil ich hinter Gloria hergelaufen war, hinein in ihre und in die Einsamkeit ihrer Mutter und die Einsamkeit dieses Hauses. Jetzt könnte damit Schluss sein! Ich könnte frei sein! Was würde ich als Erstes tun? Ich würde zum See hinunterspazieren, heute noch, in wenigen Minuten, würde mich auf eines der Boote setzen, die an Land gezogen und umgedreht worden waren, und würde eine Geschichte in mein Geschichtenheft schreiben, das ich allerdings erst zu Hause holen müsste, aber auch das würde schön sein, den gewohntesten aller gewohnten Wege zu gehen mit dem Gefühl, endlich frei zu sein. Eine Zeit der Glückseligkeit würde beginnen. Wenn Gloria ihre Freundschaft aufkünden würde.

»Da bist du ja«, sagte die Mutter. Sie schnaufte, als hätte sie einen Berg bestiegen, griff sich an die Brust und spielte Klavier mit ihren kurzen Fingern zwischen den Knöpfen ihrer Bluse.

Ich versuchte erst gar nicht, mich zu rechtfertigen.

Damals war Glorias Mutter noch nicht so dick wie das letzte Mal, als ich sie sah, das war wenige Wochen vor ihrem Tod gewesen. Da hatte sie kaum mehr Luft gekriegt, ein Schlauch mit zwei Enden war ihr in die Nase geschoben worden, das Sauerstoffgerät lag neben ihr am Kanapee, Arme, Beine, Hals prall aufgeblasen. Eine Horrorfigur aus einem Gruselfilm. Wie Tweedledee und Tweedledum aus *Alice im Wunderland*. Ich traute mich nicht, sie anzusprechen. War dieses Ding überhaupt ansprechbar? Ich schämte mich. Weil ich mich ekelte. Und wenn ich selber einmal so werde? Was werde ich dann denken, wenn eine vor mir steht und so tut wie ich? Dann sagte ich doch: »Hallo.« Sie sah mich an, der Mund vom vielen Fett im Gesicht zu einem bitteren Lächeln gezwungen, Lächeln Tag und Nacht …

Als sie nun vor mir stand, wunderte ich mich. Ich hatte sie nie stehen sehen. Oder doch, dann aber dicht neben einem Möbelstück. Sie stand frei. Wie kurz sie war. Alles an ihr kurz. Die Beine, die Arme, der Hals, die Finger. Der Körper wie Polen. Unförmig rund. Aber sie lächelte mich an. Und es war ein zärtliches Lächeln, so zärtlich, dass mir der hoffärtige Gedanke einfiel: Sie hätte lieber mich zur Tochter und nicht Gloria. Ihr Unglück kommt nicht daher, dass sie keinen Mann, sondern, dass sie so eine Tochter hat. Aber was war denn schlecht an Gloria?

»Gloria hat mir gesagt, dass sie dir den Schlüssel gibt und dass sie erst später kommt. Gemütlich ist es hier, findest du nicht?«

»Ja«, sagte ich.

»Da könnte man doch gemütlich wohnen, findest du nicht?«

»Ja«, sagte ich.

»So aufgeräumt und so viel Platz.«

»Ja.«

»Obwohl die Wohnung klein ist.«

»Genau.«

»Weil man hier in Ruhe sitzen und die Gedanken weit hinausschicken kann. Findest du nicht auch?«

»Genau.«

»Ach«, rief sie, »ich würde gern hier wohnen!«

»Aber Sie wohnen ja hier«, sagte ich. Darauf antwortete sie nicht.

»Du passt gut hier herein«, sagte sie stattdessen.

Ich war gar nicht verlegen, ich sagte nur: »Ich weiß nicht.«

»O doch, o doch!«

Ich sagte: »Wenn Sie meinen.«

»Die Wohnung hier heroben steht dir gut, Monika.«

»Danke.« Als wäre die Wohnung eine neue Frisur auf meinem Kopf.

»Und ich besuche dich.«

»Das nicht gerade …«

»Doch, doch. Du wohnst hier, und ich bin dein Besuch. Und ich Tölpel habe dir nichts mitgebracht! Wie unaufmerksam von mir! Kannst du mir verzeihen? Das nächste Mal bringe ich etwas mit. Magst du Süßes? Du musst dir keine Gedanken machen, so schlank, wie du bist. Hau rein!«

Sie setzte sich in den Korbsessel, mühsam, schnaufend,

plumpsend, und bat mich, ihr ein Glas Wasser zu bringen. Das tat ich. Ich fand auch gleich ein Glas, öffnete gleich das richtige Türchen in dem Kasten. Dort standen Teller, Tassen, Gläser. Für zwei Personen, nicht mehr.

»Gloria hat mir erzählt, bei euch zu Hause ist es sehr eng. Südtirolersiedlung, habe ich recht?«

»Ja, leider«, sagte ich.

»Tante, Onkel und wer noch?«

»Meine Schwester Gretl und meine Schwester Renate.«

»Drei Zimmer, sagt Gloria.«

»Ja. Und mein Cousin und meine Cousine.«

»Und nur drei Zimmer?«

»Und halt die Küche. Wir sitzen immer in der Küche.«

»Das ist fürwahr eng. Fürwahr! Wie geht das?«

»Bald ist es nicht mehr so«, sagte ich. »Mein Vater heiratet bald wieder, und dann haben wir eine eigene Wohnung.«

»Das hat mir Gloria auch erzählt. Und sie hat mir erzählt, dass du dich davor fürchtest.«

Es war eine so angenehme Stimmung, dass ich nicht lügen und nicht bockig sein wollte.

Ich sagte: »Ja, ich fürchte mich.«

»Das verstehe ich.«

»Ich kann mir vorstellen, dass mich die neue Frau meines Vaters nicht mag«, sagte ich. »Aber es ist mir eh wurscht.«

»Das verstehe ich«, sagte sie wieder, und ich glaubte ihr. Sie hatte sich die Augenbrauen ausgezupft oder nie welche gehabt und mit einem dünnen schwarzen Stift nachgezogen. Französisch irgendwie. »Wo du jetzt bist, ist es eng, wo du hinkommst, fürchtest du dich.«

»So ungefähr«, sagte ich.

»Und hast du dort, wo du hinkommst, ein eigenes Zimmer?«

»Das glaube ich nicht. Dann müssten ja alle ein eigenes Zimmer haben, die Gretel als Erste, weil sie die Älteste ist, dann auch die Renate und dann auch der Richard, der zurzeit bei meiner Tante Irma wohnt, der auch. Sonst wäre es ungerecht ...« Auf einmal redete es aus mir heraus, dass ich selber staunte, es tat mir so gut. Ich war immer und bin immer noch eine, die wenig redet, aber dort oben im Dachboden in der kleinen Wohnung, wo mir Glorias Mutter, deren Namen ich nicht einmal wusste, ihr Ohr zum Hineinsprechen zur Verfügung stellte, da wollte ich nicht mehr aufhören zu reden.

Und dann war ich am Ende. Und wir sagten lange nichts.

Endlich sie: »Komm doch zu uns, Monika! Kannst hier oben wohnen. Zwei Zimmer für dich allein. Bad unten, Klo auch. Stiegensteigen macht dir ja nichts, bist ja eine Gazelle. Uns störst du nicht. Wir dich auch nicht, nehme ich an. Musst keinen Schilling zahlen. Kannst auch mit uns mitessen. Oder dir hier oben selber etwas kochen. Nimmst einfach aus unserer Speisekammer. Wir haben eh immer zu viel. Wenn du willst, kann ich mit deinem Vater sprechen. Das heißt ja nicht, dass du deine Familie nicht besuchst. Gar nicht. In deinem Alter ziehen manche von zu Hause aus. Die Besten ziehen früh von zu Hause aus. Ohne Streit. Nur wegen dem eigenen Leben. Die Möbel hier oben würden sich freuen! Schau sie doch an! Ich glaube, dass alles lebt. Und denkt. Auf andere Art als wir. Und dass sich alles freuen kann. Auch auf andere Art als wir, das schon. Und auch einen Zorn haben kann. Das ist meine Philosophie. Kannst du dir das vorstellen? Dass alles irgendwie lebt? Die Dinge, die Pilze im Wald sowieso, aber auch der Teppich da und die beiden Sessel da und ein Stein, alles. Kannst du dir das vorstellen?«

»Irgendwie schon«, sagte ich. Darüber nachgedacht hatte ich nie. Und wusste nicht, ob ich es je tun würde. Und habe es, glaube ich, bisher auch nie getan. Bleibt ja noch etwas Zeit. Ein klein wenig war mir nun unheimlich zu Mute.

Sie wurde sehr lebhaft: »Alles lebt, aber nicht jeder merkt das. Das ist der Punkt.«

»Ja«, sagte ich nur. Sie wollte auch gar nicht mehr hören.

»Kannst du dir das vorstellen?«

»Irgendwie schon.«

»Kannst du?«

»Ja.«

»Ich zum Beispiel«, fuhr sie fort, »ich merke, dass die Möbel hier oben sich freuen. Ja, ich merke es! Willst du wissen, woran ich es merke?«

»Ja.«

»Ich weiß es nicht. Ich merke es einfach. Die Möbel freuen sich, dass du da bist. Was für ein Glück auf Erden!«

Lange saßen wir und sagten nichts. Ich dachte, wenn eine Gefahr bestanden hätte, dann ist sie jetzt vorbei. Aber wissen kann man es nicht.

Schließlich deutete sie auf den Kasten, auf dem die elektrischen Herdplatten standen. Dort sei eine Flasche Kognak versteckt. Sie brauche jetzt einen Schluck. Der Weg hinunter sei für sie fast noch beschwerlicher als der Weg hinauf.

»Am Gipfel«, lachte sie, »nehmen die Bergsteiger einen Schluck. Das sollten wir auch tun.«

Wir nahmen einen Schluck von dem französischen Schnaps. Tranken aus der Flasche. Ich zuerst. Ich wischte die Öffnung mit meinem Ärmel ab. Sie sagte, das sei nicht nötig, ich sei ein appetitliches Mädchen. Sie kenne kein appetitlicheres. So ein Gesicht ohne ein Tüpfelchen. So weiß. Ich half ihr aus dem Sessel, wir formten beide aus einer Hand einen Haken, und ich zog und führte sie über die Stiegen nach unten, mit der Rechten hielt sie sich am

Geländer fest, mit der Linken an meinem Arm. Als wir im Wohnzimmer waren, sagte sie, jetzt müsse sie sich ein Stündchen hinlegen. Ich deckte sie mit der Daunendecke zu, sie bat mich, sie aus ihrem Schlafzimmer zu holen. Dort herrschte eine Unordnung, wie ich in meinem Leben nie eine gesehen hatte und nie mehr sehen würde. Der Fußboden war weich gepolstert mit schmutziger Wäsche, die unterste Schicht, vermutete ich, lag schon seit Jahren hier.

Ich setzte mich neben sie, sie streckte mir ihre Hand unter der Decke entgegen, und ich hielt sie. Ihr schlafendes Gesicht wollte ich aber nicht ansehen.

Ich wartete bis abends um sieben. Gloria kam nicht. Ich schlich aus dem Haus.

Wo war sie? Nachhilfeunterricht konnte doch nicht so lange dauern. Und wem aus unserer Klasse gab sie Nachhilfeunterricht? Ich hatte vergessen, sie zu fragen. Wenn jemand nicht die Wahrheit sagt, heißt das noch nicht, dass er lügt. Ich hätte es nicht über mich gebracht, Lüge zu sagen, wenn Gloria von ihrem Vater erzählte. Allerdings, wenn sie die Nachhilfe erfunden hätte, das wäre eine Lüge. Wir waren fünfzehn. Es wäre das erste Mal gewesen, dass mich Gloria angelogen hätte. Und weil sie ein schlechtes Gewissen hatte, hat sie mir den Hausschlüssel gegeben? Das hieße: Das Haus war ihr gleichgültig geworden. Die Mutter war ihr gleichgültig geworden. Auch ich war ihr gleichgültig geworden. Solches fiel mir ein beim Nachhausegehen. Ein Schritt, ein Gedanke. Wie Tempelhüpfen. Dann hatte sie also jemanden. Einen Freund. Einen, den sie liebte. Sie hatte mich also überholt. Nicht einen aus unserer Klasse. Das waren Kinder. Sie hatte einen Mann. Ich sah ihn vor mir. Der war älter als zehn Jahre älter. Der war schon über dreißig. Der war vierzig. Der trug einen Anzug. Er war verrückt nach Gloria. Und sie war verrückt nach seiner Verrücktheit nach ihr. Und ich war ein Kind. Irgendwo hinten auf der Strecke stand ich. Abgehängt. Wahrscheinlich erzählte sie gerade in diesem Augenblick von mir. Sie lachten beide. Sie lachten mich nicht aus. Sie lachten über das rührende Ding, das ich war. Oder sie sprachen gar nicht über mich. Gloria hielt es nicht für wichtig, über mich auch nur ein Wort zu verlieren. Das war genau richtig ausgedrückt: Jedes Wort über mich wäre verloren gewesen. Man durfte Wörter nicht verlieren. In einem anderen Zusammenhang würde man sie brauchen, und dann wären sie nicht mehr da. Mit den Wörtern verhielt es sich ähnlich wie mit den vielen Sachen in den verschiedenen Zimmern des Zauberhauses. Welches ein Zauberhaus nur war in den Augen und im Sinn eines Kindes. Ich war das Kind. Ich dachte, ich werde nie mehr frei sein.

Am nächsten Tag in der Schule fragte ich sie nicht. Stattdessen sagte ich, ich hätte mir ein paar schöne Stunden gemacht, oben in der Wohnung unter dem Dach. Ich sagte die Wahrheit. Dass mich ihre Mutter besuchte, dass wir Kognak getrunken und sie mir vorgeschlagen hätte, hier oben einzuziehen. Die ganze Wahrheit: dass niemand so gut hierherauf passe wie ich, dass die kleine Wohnung quasi auf mich gewartet habe so viele Jahre. Da riss Gloria die Augen weit auf und den Mund dazu, und es fiel ihr nichts ein. Sie war außer sich. Als hätte ich ihr ihren Freund ausgespannt. Drei Tage redete sie nicht mit mir. Tat im Schulhof, als wäre sie mit anderen Mädchen befreundet, drehte mir den Rücken zu. Ich schrieb ihr einen Zettel und schob ihn während der Stunde zu ihr hinüber. Darauf hatte ich geschrieben: »Wenn du bis spätestens übermorgen nicht mit mir sprichst, ist es aus zwischen uns. Endgültig.«

Am gleichen Nachmittag fielen wir uns in die Arme. Und haben geweint. Ich tat nur so. Sie hat.

Viertes Kapitel

Einen Tag nach meinem siebzehnten Geburtstag saßen Gloria und ich im Zug nach Zürich. Wir hatten, sie ihre Mutter, ich meinen Vater, angelogen. Wir erzählten einander nicht, was wir zu Hause gesagt hatten, nämlich warum und wohin wir für eine Woche weg sein würden. Mir war es peinlich, vor Gloria meine Lügen auszubreiten. Darum tat sie, als wäre es ihr auch peinlich. Sie schlug die Augen auf und wedelte aus den Handgelenken mit den Fingern, als hätte sie etwas Heißes verschluckt. In gar nichts sonst, aber in Angelegenheiten, die sie als moralische kategorisierte, war ich ein Vorbild für sie. »Wenn du nicht weißt, was man tut oder nicht tut, frag die Monika!« Das hat ihre Mutter gesagt, ich hab's gehört, und es hat geklungen, als würde auch sie es genauso tun. Und warum die Monika? Hatte die jemals einen Beweis ihrer moralischen Überlegenheit abgeliefert? Nein. Aber ihre Leute waren arm. Sehr arm. Im Vergleich zu den beiden Frauen in dem finster prächtigen Hausmonster mit dem Park hintendran, auf den man gemütlich vier Wohnblocks plus Garagen errichten könnte, verschwindend arm. Und wenn diese Menschen schon überhaupt nichts hatten, dann wenigstens Moral, das gebot die Gerechtigkeit. »Denn Armut ist ein großer Glanz aus Innen ...«, Rilke, Besinnungsaufsatzthema in der letzten Klasse. Ich bilde mir nicht ein, dass Gloria und ihre Mutter so dachten. Sie dachten so. Außerdem wurden wir beide nicht kontrolliert. »Wie soll ich dich kontrollieren?«, jammerte Glorias Mutter. »Ich könnte ja nicht einmal hinter dir herlaufen, wenn du langsam gehst.« Für Kontrolle fehlte das Interesse. Man kann auch sagen: Mein Vater und Glorias Mutter vertrauten uns. Man kann aber auch sagen: Vertrauen und Desinteresse sehen einander oftmals sehr ähnlich.

Ich war eingeladen. Ich hätte von meinem Geld nicht einmal Bregenz–Zürich einfach 2. Klasse lösen können.

»Was tun wir eigentlich in Zürich?«, fragte ich.

»Ich will dich überraschen«, war Glorias Antwort.

Da hatte ich etwas zum Denken. Es konnte heißen: Ich schenke dir etwas. Naheliegend wäre: zum Geburtstag. Ich hatte ihr zwar schon x-mal gesagt, wann ich Geburtstag hatte, aber sie vergaß es immer wieder. Und vergaß es auch diesmal. Also warum? Weil du meine Freundin bist. Weil du manches nötig hast. Weil ich will, dass du mir dankbar bist. Es konnte aber auch heißen, und das hielt ich für wahrscheinlich: Ich, Gloria, werde etwas tun, was dich, Moni, überrascht. Die Überraschung wäre dann sie selbst gewesen.

Wir trafen uns am Bahnhof, sie wartete bereits auf mich. Ich mit meinem kleinen Koffer, mit dem ich vier Jahre zuvor, nach dem Tod meiner Mutter, vom Berg herunter in die Stadt gekommen war, all das Meine hatte ihn nicht voll gemacht. Ein unschöner brauner aus Pappe mit verstärkten Ecken und einem Herrengürtel rundum, weil auf die Schlösser kein Verlass war. Gloria mit einem großen, weißen aus Kunststoff. Als wir uns begrüßten, schob sie mir die Fahrkarte 1. Klasse in den Ausschnitt. Sie blieb an meiner Haut kleben. Das war als ein Hinweis darauf gedacht, wie die Überraschung aussehen würde. Als zweiten Hinweis hatte sie sich, wie man damals sagte, aufgedonnert. Lidschatten wie Liz Taylor als Kleopatra. Rote Lippen wie ein Fremdgegenstand. Und Fingernägel im gleichen Farbton. Ein blaues Kleid, vom Gürtel abwärts zierlich gefältelt, bei eventuellem Wind von unten – siehe Marylin Monroe in *Das verflixte 7. Jahr*.

»Ich bin bereit. Du?«

Um den Hals hatte sie einen Fotoapparat hängen. Und schon war ich abgelichtet. Und reichte ihn mir und zeigte mir den Knopf, auf den ich drücken sollte, alles sei eingestellt. Nie habe ich jemanden kennengelernt, der so überzeugend schauen konnte, als ob es ihn nicht interessierte, dass er fotografiert wird. Aus unserem Ausflug sollte ein

Album werden. Fünfzehn Filme habe sie eingepackt. Drei bunt.

Gloria and Mo-Nee!

»Bist du bereit?«

»Ja.«

»Das klingt aber nicht begeistert.«

»Ja.« Ein bisschen war ich bereit. Ein bisschen hatte ich Angst. Aber Hingabe war in mir – an ein unberechnetes Leben, Abenteuer.

Die Schweizer Städte waren im Vergleich zu unseren Weltstädte. Weil dort die Welt nie untergegangen war, sagte mein Onkel Lorenz. Ich hatte bis dahin noch nie meine Fingernägel angemalt. Die Lippen schon. Ich besaß nämlich eine Auswahl von Lippenstiften. Gleich hinter der Südtirolersiedlung, wo es zur Ache ging – wo man auf den Waldwegen gut heimlich ein Auto parken konnte –, war der Strich. Einer meiner Onkel war mit einer Prostituierten liiert. Sogar geheiratet hat er sie, geschieden, wieder geheiratet. Ich weiß nicht, ob ich sie mochte oder nicht mochte. Sie besuchte uns nie. Wenn der Onkel uns besuchte, dann allein. Ich traf sie auf der Straße. Immer zufällig. Als ich vierzehn war oder noch nicht einmal, schenkte sie mir in einer Papiertüte ein Dutzend Lippenstifte. Zuerst hatte ich gedacht, es sind Süßigkeiten. Sie hatte gesagt: »Aber gezielt einsetzen, Kleines!« Ich hatte sie bisher nur allein vor dem Spiegel eingesetzt. Es war bei uns zu Hause schwierig, bei so vielen Menschen darf das Badezimmer, das winzige, nicht lange in Anspruch genommen werden. Einmal war ich eine Stunde am Nachmittag allein gewesen, ich hatte es mir so eingerichtet. Nur, um die Lippenstifte auszuprobieren. Der Spiegel über dem Waschbecken zeigte die Welt sehr eingeschränkt, er war trüb, und die Silberbeschichtung hinter dem Glas hatte Risse. Das war günstig. Man sah darin aus wie auf einer alten Fotografie, fast schwarz-weiß, eine Schwarz-Weiß-Fotografie, die mit Buntstiften koloriert wurde. Da zieht man den Stift über den Mund, reibt die Lippen aneinander, und schon schaut einen eine Fremde an. In ihrem Gesicht kann man Geschichten finden. Die da ist ein Luder. Die da hat gelitten. Die da hat Gefährliches vor. Die da träumt. Die da liebt. Immer dasselbe Gesicht. Aber verschiedene Farben auf dem Mund. Die »Schnalle« meines Onkels – so nannte sie meine Tante Kathe – schminkte sich in ihrer Freizeit nicht. Während der Arbeit habe ich sie nie beobachtet, es hieß, sie stehe bei der Achbrücke, dort müssen die Autos langsam fahren, weil die Straße schlecht sei, und wer langsam fährt, schaut. Die Lippenstifte hatte ich nicht in meinen Koffer gepackt. Das tat mir jetzt leid.

»Wir werden hinterher nicht mehr die Gleichen sein«, sagte Gloria.

»Was meinst du damit?«

»Nicht mehr die gleichen Frauen.« Und dann: »Was ich dich schon immer fragen wollte, Moni.«

»Was denn?«

»Hast du mit Schwester Amatha etwas gehabt?«

»Wie meinst du das?«

»Sex.«

»Mit Schwester Amatha? Bist du verrückt?«

»Warum nicht?«

»Warum schon?«

»Wer Gegenfragen stellt, lügt.«

Das war nur, um mir zu zeigen, was sie sich alles traut. Nicht, was sie mir zutraut. Was sie sich selbst zutraut.

Gloria hatte ihrer Mutter Geld gestohlen. Sehr viel Geld. Im Zug nach Zürich hat sie mir das Geld gezeigt, sie hat gewartet, dass ich frage. Ich habe nicht gefragt. Das Warten auf eine Frage ist ein Befehl. Sie hat den großen Koffer auf den Sitz gewuchtet, hat den Deckel ein kleines Stück geöffnet, gerade so weit, dass wir die Köpfe hineinstecken konnten, hat sich umgesehen, ob uns nur ja niemand über die Schulter schaut, dabei waren wir allein in einem Sechserabteil, dann hob sie ihre Wäsche hoch, darunter waren ausgebreitet über den Kofferboden Banknoten.

»Soll ich ein Foto machen?«, fragte sie. »Du mit einem Bündel Banknoten in der Hand?«

Weil sie der Bank wenig vertraute, hatte Glorias Mutter

eine große Menge Geld, eine wirklich sehr große Menge Geld, im ganzen Haus in verschiedenen Verstecken verteilt. Wenn ich Glorias Angaben glaube und in Euro umrechne, dann waren das um die zweihunderttausend. Ja! Man hätte damals ein Haus davon kaufen können! Von allen Konten, die sie besaß, hatte sie abgeschöpft. Hier ein Tellerchen, hier ein Löffelchen, da ein Töpfchen, dort ein Schüsselchen. Hatte die Bündel in Wachstuch eingewickelt und im Haus verteilt. Wie ein Eichkätzchen seine Bucheckern. Gloria kannte nur ein Versteck, das war hinter einer losen Latte im Schrank unter der Spüle, das hatte sie ausgeräumt. Kurz vor ihrem Herzinfarkt, als ob sie ihr Sterben ahnte, hatte Glorias Mutter versprochen, ihr alle Verstecke im Haus zu nennen – soweit sie sich daran erinnerte. Selber nachschauen konnte sie nicht mehr. Nicht, dass Gloria scharf auf Geld gewesen wäre, das war sie nicht, es hat ja immer genug gegeben, aber wissen wollte sie dann doch, wo die Schätze vergraben waren. Sie erfuhr es nicht. Nie. Die Mutter starb. Eine Zeit lang hatte Gloria gesucht. Ohne große Begeisterung. Eher, weil sie dachte, es gehört sich. Ich stelle mir vor, sie dachte, was würde die Moni dazu sagen. Die Moni würde sagen: Es ist unanständig, so viel Geld herumliegen zu haben und sich nicht dafür zu interessieren. Ich bewirke zwar nichts, aber liebe die Vorstellung, ein anständiger Mensch zu sein.

Am Tag nach meinem siebzehnten Geburtstag befanden sich in Glorias Koffer zweitausend Schweizer Franken. Dafür hätte mein Vater ein halbes Jahr arbeiten müssen. Würde er jemals ein Foto in die Hand kriegen, worauf seine Tochter mit einem Bündel Banknoten, Schweizer dazu, abgebildet wäre – Vati, vergib mir, wenn ich es für möglich halte, dass du mich verstoßen hättest!

Am Zürcher Hauptbahnhof nahmen wir ein Taxi. Das heißt, ich ging hinter Gloria her, sie hatte gesagt: »Frag nicht! Ich sag nichts!«, setzte mich neben sie auf die Rückbank, mein Herz klopfte, und die Fantasie kurbelte wie eine Rotationsmaschine, die Romane erzeugte, aber ich sagte nichts. Auch nicht, als Gloria den Fahrer beauftragte: »Zum Flughafen!«

Im Flughafen war meine Aufregung dann doch zu groß, und auch die Angst war zu groß. »Ich muss wissen, was wir hier tun«, sagte ich.

»Weißt du das nicht, Moni?«, fragte sie. »Wir fliegen nach New York.«

New York hatte wenig mit Geografie zu tun. New York war ein Märchen. Das lag hinter den sieben Bergen.

»Und was tun wir dort?«

Darauf Gloria, nicht im Mindesten märchenhaft, sondern kalt, pragmatisch: »Dort lassen wir uns entjungfern.«

Das war wenige Wochen bevor Gloria nach Wien zog, um auf der Schauspielschule zu studieren. Sie wollte ihr neues Leben nicht als Jungfrau beginnen – das Leben außerhalb des Hauses. Ich sagte vorhin, das Warten auf eine Frage sei wie ein Befehl. Da fällt mir ein, dass ich diesen Gedanken schon einmal hatte, nämlich als ich allein in dem großen Haus war und in den Dachboden hinaufstieg. Da war mir das Haus wie ein lebendiges Ding vorgekommen, nicht eines, das sich bewegen kann und Uhhhh! schreit, an Monster habe ich schon als Kind nicht geglaubt, und wenn mein Cousin unheimlich tun wollte und sich Klopapier um den Kopf wickelte wie eine Mumie, habe ich nicht einmal lachen müssen. Wie ein Ding, das darauf wartet, dass ich ihm Fragen stellte, so ist mir das Haus vorgekommen. Meine Frage wäre gewesen: Warum hältst du die beiden Frauen gefangen? Als mir Glorias Mutter anbot, dass ich in die Wohnung im Dachboden einziehe, da dachte ich: Jetzt will das Gespensterhaus mich auch noch haben. Das sind so Gedanken, die nichts bedeuten, wie Träume, die nichts bedeuten. Ich muss sie mir merken, vielleicht kann ich etwas in mein Geschichtenheft darüber schreiben … Und nun am Flughafen Zürich-Kloten dachte ich wieder an das Haus und dass es eben doch ein Monster ist und dass die arme Gloria die Schöne ist und das Haus das Biest, das eifersüchtige Biest, das über ihrer Jungfernschaft wacht (interessant: die Autokorrektur meines Computers kennt dieses Wort nicht), und dass sie ihre Jungfernschaft nicht mit nach Wien schleppen möchte, sich aber nicht traut, sie auf demselben Kontinent zu verlieren, auf dem auch das Haus steht. – Das meine ich mit der Rotationsmaschine in meinem Kopf. – Übrigens: Dass Gloria in der Mehrzahl sprach – »In New York lassen *wir* uns entjungfern« –, das ärgerte mich gar nicht, im Gegenteil, ich triumphierte, innerlich, gesagt habe ich nichts: Ich war nicht mehr Jungfrau.

»Kennst du eine bessere Stadt dafür?«, fragte sie.

Und ich: »Es kommt doch nicht auf die Stadt an, Hauptsache, es ist einigermaßen gemütlich und warm, und er ist nett.«

Und sie: »Gemütlich? Warm? Nett? Aha. Gemütlich, warm, nett also.« Das war alles, was sie dazu sagte.

Sie ließ mich stehen, marschierte an der Warteschlange vorbei zu einem der Schalter, hielt kurz inne, um zu fotografieren, niemand protestierte, der Rossschwanz federte – es passt kein anderes Wort dafür –, ich folgte, und sie sagte zu dem Herrn: »Bitte, zweimal New York retour.«

Der schaute uns sehr lange an. Wenn er sich auskannte bei Schminke und Frisuren, dann wird er sich vielleicht gedacht haben, die beiden könnten gleich alt sein. Wenn nicht, wer war ich dann? Die jüngere Schwester einer vornehmen, etwas zu aufreizend geschminkten Dame?

Er sagte: »Ihre Ausweise, bitte.«

Und das war's auch schon.

Ich meine, wir waren richtig schön, wir beiden, ich

nicht so mondän und grell, aber in Wahrheit viel schöner als die Königin an meiner Seite, die mit ihrem Verstand längst hinter den sieben Bergen weilte. Die Leute in der Schlange bestaunten uns, Schönheit und Vordrängen gehörten damals zusammen.

»Das geht leider nicht«, sagte er.

»Und warum nicht, bitte?«

»Sie sind nicht volljährig.«

»Aber mein Daddy erwartet uns«, sagte Gloria und fügte wimpernklappernd hinzu, sie hatte sich ausgiebig informiert, »am John F. Kennedy International Airport in New York City.« Der hieß erst seit Kurzem so, sie aber wusste es bereits.

Ob sie eine schriftliche Bestätigung ihres Daddys habe, dass er einverstanden sei mit der Reise. In den Staaten brauche man das nicht, sagte Gloria. Aber er brauche das, sagte der Herr.

»Können nicht Sie uns diese Bestätigung schreiben?«, wisperte Gloria. »Wenigstens für hin. Für retour wird es dann mein Daddy tun. Bitte!«

Ein Lächeln huschte über das Gesicht des Herrn. Ich dachte, verdammt, sie kriegt ihn wirklich herum! Die schafft es! Wenn sie das schafft, schafft sie alles, in zehn Jahren gehört ihr ein Freizeitpark in Amerika, und sie ist es, die deutsch mit amerikanischem Akzent spricht. Zugleich erfasste mich Panik, es würde mir nichts anderes übrig bleiben, als mit ihr nach New York zu fliegen. Nach diesem Auftritt würde ich nicht nein sagen können, das wäre die Niederlage schlechthin. Und was ist mit retour? Wer schreibt uns eine Bestätigung für retour? Ihr Daddy, der polnisch-tschechisch-rumänisch-albanisch-baskisch-ungarische Daddy? Was, wenn ich drüben untergehe, in den Staaten? Am Anfang würde sie mich mitschleppen, aber nach einem Monat würde sie mich fallenlassen und mir das Rückflugticket in den Ausschnitt stecken, aber ich wäre erstens immer noch nicht volljährig und hätte zweitens nicht den Mut, nach Hause zurückzukehren, wo ich als Versagerin aufgenommen würde, und bis ans Ende die bleiben würde, die es versucht hatte, aber gescheitert war, also würde ich einen amerikanischen Mann kennen-lernen müssen, wahrscheinlich einen Angestellten des Mannes, der Gloria entjungferte, der aber seinen Chef nicht leiden kann und sich immer schon gewünscht hat-te, in das weite Land zu ziehen und Pflanzer zu werden, und mich mitnimmt, wo ich acht Kinder von ihm kriege und mir den Rücken krumm und das Gesicht herb schuf-te …

Ich hörte Gloria sagen: »Sie gefallen mir. Sie sollen es auch nicht umsonst tun.«

Und hörte den Herrn sagen: »Wir müssen weiterarbei-ten. Bitte, machen Sie den Herrschaften hinter Ihnen Platz.«

Vom Flughafen in die Stadt fuhren wir mit dem Bus. Das riet uns ein Taxifahrer, als wir ihm keine Adresse angeben konnten, und Gloria sagte, er solle uns einfach irgendwo absetzen, zum Beispiel beim Bahnhof. Da sagte er, es wäre für uns sicher günstiger, wir würden mit dem Bus fahren, der halte direkt davor. Deswegen haben wir uns durch die zwanzig Minuten Busfahrt gestritten. Ich war so geladen! Und bin es wieder. Am liebsten würde ich sie auf der Stelle anrufen und unseren Streit von damals fortsetzen. Das Taxi ist zehnmal teurer als der Bus! Und es braucht genauso lang! Das ist doch nichts anderes als die pure Angeberei! Mir war eingefallen, was über meine Onkel erzählt wurde, die seien, drei an der Zahl, Onkel Lorenz, Onkel Walter, Onkel Sepp, irgendwann eben auch nach Zürich gefahren, um aufzuzeigen, und hatten den letzten Zug zurück versäumt und wollten ein Taxi nehmen, und der Taxifahrer sagte, das komme aber teuer, Zürich–Bregenz, sie sollen ihm vorher ihre Geldtaschen zeigen, worauf sie zornig geworden seien und nach einem zweiten Wagen gepfiffen hätten, auf dessen Rücksitz hätten sie ihre Hüte gelegt, und so sei es in Richtung Heimat gegangen, in zwei Taxis, im vorderen sie, im hinteren ihre Hüte, einer neben dem anderen auf dem Rücksitz, Männer wie Hüte. Was ihnen fast die gesamten Löhne eines Monats gekostet habe. So eine wollte ich nicht sein. Auch wenn genug Geld da gewesen wäre. Auch wenn so viel Geld da gewesen wäre, dass man damit den Stiegenaufgang im Finanzamt hätte tapezieren können … – Die Zeit schwindet mir und schwindelt, Vergangenheit und Gegenwart wachsen ineinander. Während ich mit Wut auf die Tastatur klopfe, ärgere ich mich über Gloria nicht weniger, als ich mich damals geärgert hatte. Jahre vergehen, der Rossschwanz bleibt. Was vor fünfzig Jahren weh getan hat, tut immer noch weh. Wofür man sich vor fünfzig Jahren rächen wollte, das ist nicht verziehen. Der Taxifahrer habe das nur gesagt, weil ich sie dauernd in die Seite gestupft und er sich gedacht habe, die wollen eh nur angeben, die beiden Gören.

»Und jetzt? Was tun wir jetzt?«

»Jetzt suchen wir uns ein Hotel.«

»Wäre es nicht gescheiter, wir fahren wieder heim? Jetzt kriegen wir noch einen Zug.«

»Nein«, sagte Gloria, »genau das tun wir nicht. Wir probieren es morgen noch einmal. Ich will zu meinem Daddy in die 147 Ludlow Street in New York City. Dazu hat der Mensch ein Recht! Und wenn du jetzt sagst, die Adresse habe ich mir ausgedacht, dann rede ich nie wieder ein Wort mit dir! Vielleicht sitzt morgen einer am Schalter, der nicht so ein Holzkopf ist.«

Sie drehte sich und war davon. Wie man mit einem großen vollen Koffer halt davon sein kann. Koffer mit Rollen hat es damals nicht gegeben.

Und ich hinter ihr her. Wir schleppten uns über die Bahnhofstraße, ich wusste nichts über diese Straße, wusste also auch nicht, dass sie eine der teuersten Straßen der ganzen Welt war. Und prompt vor dem teuersten Hotel der teuersten Straße blieb sie stehen. Vor dem *Baur au Lac*. Was für eines das war, erfuhr ich erst später. Dass es ein besonderes war, sah ich gleich. Das würde jeder gleich gesehen haben. Ein Hotel wie aus einem Spielfilm mit Grace Kelly oder Audrey Hepburn. Elegante Draufgänger, englische Gelddeppen, russische Agenten, asiatische Spieler.

Gloria wartete auf mich. Ich war absichtlich gezottelt, hatte den Abstand zwischen uns immer größer werden lassen, gerade, dass sie mir nicht aus dem Blick entwischte. Wenn sie den Koffer absetzte, setzte ich meinen auch ab. Nun wartete sie mit ausgebreiteten Armen auf mich. Und umarmte mich. Und spielte nicht.

»Wenn du mich verlässt, Moni, habe ich niemanden mehr. Du bist der einzige Mensch, der mir verzeiht, wie ich bin.« – Ich denke nicht, dass ich mit sechzehn zu so einem Satz fähig gewesen wäre. Sie war's.

»Die nehmen uns doch genauso nicht wie die am Flughafen«, bettelte ich. »Wir sind nicht volljährig. Wenn wir einundzwanzig sind, wiederholen wir das Ganze einfach, ich bin dabei, ich schwör's …«

»Ein Hotel ist kein Flugzeug«, sagte sie, und was vor einer halben Minute noch ein Anflug von Melancholie in

Richtung Verzweiflung gewesen war, verschwand in den Wolken.

Sie drängte mich in eine Nische neben dem Hotel, befahl mir, mich vor ihr breit zu machen, damit ich die Sicht verstelle, öffnete ihren Koffer, hob ihre Wäsche und klaubte ein dickes Büschel Banknoten vom Kofferboden auf, als wäre es Laub. Die Scheine rollte sie zusammen, zog das Gummiband von ihrem Rossschwanz, die Haare fielen auseinander. Nun war sie eine Frau. Nicht halb Kind, halb Frau. Nur Frau. Sie wickelte das Band um die Scheine und gab mir die Rolle.

»Du bist unser Finanzminister.«

An der Rezeption sagte sie: »Ein Doppelzimmer. Prego. Aber ein gutes.«

Der Herr lächelte: »Wir haben nur gute Zimmer.«

Gloria: »Ich meine, ein gutes.«

Wir zeigten unsere Ausweise, der Herr hob eine Augenbraue, Gloria schnippte mit den Fingern zu mir herüber, ohne mich anzusehen, ich hielt ihr die Geldrolle hin, sie zupfte erst einen, dann zwei, dann drei Scheine heraus, schaute dazwischen dem Herrn provozierend in die Augen. Der gab uns unsere Ausweise zurück, das Geld nahm er nicht. Aber einen Schlüssel reichte er uns herüber.

Im Lift sagte Gloria: »Na? Wie geht das? Sag!«

»Ich weiß nicht, wie das geht«, sagte ich.

»Moni. Wenn ich dich frage: Wie geht das? Dann musst du sagen: So geht das! Das wäre lässig. Ein Duo, wir zwei.«

»So geht das.«

»Nicht so missmutig sollst du es sagen!«

»So geht das.«

»Das ist immer noch zu missmutig!«

»So geht das.«

Michael glaubt mir diesen Dialog nicht. Gleich fange ich an, mich mit ihm zu streiten. Ich habe ja sonst niemanden, bei dem ich meine Wut abladen könnte …

»Mach eine Pause«, sagt er. »Trinken wir eine Ovo.«

Wir setzen uns in die Küche. Ich schalte das Backrohr ein, öffne die Klappe und lege meine Füße davor. Ich bin durchgefroren. Ich wärme meine Hände an der Tasse. Erst die Innenflächen, dann rolle ich die Tasse über die Handrücken und die Knöchel. Michael sagt, das sei lustig, in der Geschichte, die er gerade schreibe, lege eine der Hauptpersonen auch immer ihre Füße vors Backrohr.

»Das hast du von mir«, sage ich.

»Ja, das habe ich von dir«, sagt er. Er küsst mich auf den Scheitel.

»Riech ich gut?«, frage ich.

Dass ich immer gut rieche, sagt er.

Ich sage: »Was ist der Unterschied zwischen Jungfernschaft und Jungfräulichkeit? Das Wiktionary führt sie als Synonyme an.«

Er denkt nach. Wir mögen es, dem anderen beim Nachdenken zuzusehen. Ich habe den Verdacht, er denkt deswegen absichtlich lange nach. »Das erste ist ein vorübergehender Zustand, das zweite ein dauerhafter.« Genau begründen aber könne er es nicht, nur gefühlsmäßig.

»Jungfräulichkeit will man«, sage ich. »Jungfernschaft stößt einem zu.«

»Wie soll einem Jungfernschaft zustoßen?«, fragt er. »Wenn eine Frau keinen kriegt?«

»Zum Beispiel«, sage ich. »Man könnte schreiben: Bis zu ihrem Tod verharrte sie in ihrer Jungfernschaft.«

»Altmodisch ausgedrückt.«

»Das wäre ja auch altmodisch.«

»Warum? Das könnte einer modernen Frau in einer modernen Umgebung doch auch passieren.«

»Das schon«, sage ich, »aber der Zustand an sich ist altmodisch.«

»Ich weiß nicht, ob das richtig ausgedrückt ist«, sagt er.

»Wie würdest du sagen?«

»Ich würde sagen: Sie war bis zu ihrem Tod Jungfrau. Oder: Sie hat ihr Leben lang mit keinem Mann geschlafen. Oder: Ihr Leben lang hat kein Mann mit ihr geschlafen.«

»Das trifft es beides nicht«, sage ich.

»Aber es entspricht doch der Tatsache.«

»Die Tatsachen sind das eine …«

»Und was ist das andere?«

Zweieinhalb Stunden blieben uns noch, bis die Geschäfte schlossen. Ob denn das ganze Geld warten solle, bis wir einundzwanzig sind, sagte Gloria. Also: Kaufrausch. Von allem, was sie kaufte, nahm sie zweimal. Einmal für sich, einmal für mich. Von jedem Stück obendrein ein Foto. Wäre es nicht gescheiter gewesen, jene Stücke zu fotografieren, die sie nicht kaufte? Zweimal zwei Hände voll mit Schminksachen. Zwei Angora-Pullover, einer hellblau, einer rosa. Zwei Keilhosen mit Gummiband über die Sohlen – ich hatte gesagt: »Die sind schön.« Zwei Blazer, wie sie gerade Mode wurden in der Welt draußen, aber noch nicht bei uns. Ich sagte: »Die sehen aus wie von einem Matrosen.« Woraufhin Gloria sich erkundigte, ob es Matrosenanzüge für uns gebe. Gab es nicht. Aber zwei Herrenanzüge, mafia-like, schwarz mit deutlichem Nadelstreif. Waren uns zu groß. Man müsste viel daran ändern, sagte die Verkäuferin, und ob das gelänge, könne sie nicht garantieren. Gloria ließ sie dennoch einpacken. Und zwei schwarze Hemden dazu und zwei weiße Krawatten. Dann Schuhe. Obwohl ich mein Leben lang Schuhe geliebt und mir mit den schönsten Exemplaren die Füße verdorben habe, erinnere ich mich ausgerechnet an die Schuhe nicht.

Schnell ins nächste Geschäft. Ich besitze noch heute lila-farbene ellbogenlange Handschuhe. Ein paar Mal lieh ich sie meiner Tochter, aber geschenkt habe ich sie ihr nicht. Glorias Paar hat wahrscheinlich das Haus gefressen. Wie alles. Am Ende waren wir jede mit einem halben Dutzend Taschen beladen. Gloria kaufte im Vorbeigehen einen Koffer. Wie sonst sollte die Beute halbwegs würdig weiter-transportiert werden. Ich dürfe ihn behalten, wenn er nicht mehr gebraucht werde. Auf meinen sei im Hotel eh komisch geschaut worden.

Als uns im Hotel der Herr an der Rezeption sah, lächel-te er. Mir schien, erleichtert. Wer so viel in so kurzer Zeit einkauft, der hat es dick, und wer es dick hat, ist hier rich-tig. Gloria fotografierte die Hotelhalle und fragte, ob es einen Friseur im Haus gebe. Der Herr bot an, ihn zu uns aufs Zimmer zu schicken. Gloria, mit der gelangweiltes-ten Stimme, die sich in zwei Silben entfalten lässt: »Oh ja.« Als dann der Friseur an unsere Tür klopfte und mit seinem Friseurwagen davorstand und mit der Schere klap-perte, übertraf sie sich mit: »Oh nein!«

Wir schminkten uns gegenseitig, schmierten uns so viel teure Farbe ins Gesicht, wie eine Familie in einem Monat für Obst und Gemüse ausgibt. Gloria legte einen neuen Film ein, und schon waren wir auf der Straße, noch war es hell genug, um zu fotografieren. Gloria erklärte mir, was ich zu tun habe, dann posierte sie. Vor dem Hotel parkten die Autos der Gäste. Darunter war ein grüner Sportwagen. Gloria setzte sich auf die Kühlerhaube, präsentierte sich von der Seite, von vorne, zeigte ihren Rücken und schaute dabei über die Schulter, lächelte, als rufe ihr jemand zu, dann wieder von der Seite, Brust heraus, eine Hand im Nacken, öffnete die Lippen, senkte den Kopf, hob den Kopf, Beine übereinandergeschlagen. Ich drückte ab. Einfach drauflos. Den ganzen Film verknipste ich. Einige Fotos besitze ich noch. Ich fand sie in einer der Schachteln, in denen meine fotografierte Vergangenheit vor sich hin trocknet. Michael glaubt, der Sportwagen sei ein Lamborghini. Er schaut im Google nach, tatsächlich findet er ein Bild. Könnte so einer gewesen sein. Ein 1963er-Lamborghini 350 GTV Ginevra Bizzarrini, jadegrün.

Wir zogen in den Abend hinaus und ließen uns von Männern ansprechen, einer drückte mich an die Wand und bohrte mir die Zunge in den Mund. Gloria war weg. Ich wartete im Hotel. Sie kam, verschmiert um die Augen, verschmiert um den Mund, Laufmaschen in den Strümpfen, ein Amerikaner hatte ihr den Slip heruntergerissen und sie befummelt und einen Blow Job verlangt, sie wusste nicht, was das ist, er zeigte es ihr.

Fünftes Kapitel

Klara ruft an und fragt nach einem weiteren Besuch. Gloria warte. Nun schon seit Wochen. Kann gar nicht stimmen. Warum sie nicht selber mit mir spreche. Ich kenne sie doch. Als eine, die nicht telefonieren will, kenne ich Gloria nicht. Ich erinnere mich an Telefonate mit ihr. Keines unter einer Stunde. Diejenige, die nicht gern telefoniert, bin ich. Ob ich morgen kommen könne oder spätestens übermorgen. Ich will nichts versprechen. Michael ist an Corona erkrankt, er ist noch immer positiv, Ct-Wert immer noch unter 30. Ich sei vielleicht ansteckend. Es wäre unverantwortlich.

Lange Pause. Ich frage, ob sie noch da ist.

Klara: »Ich bin noch da.«

Wieder eine lange Pause. Ich frage wieder, ob sie noch da ist.

Schließlich: »Moni?«

»Ja?«

»Darf ich ehrlich sein, Moni?«

»Wie könnte ich es dir verbieten? Und warum sollte ich?«

»Was ich dir noch sagen wollte, Moni …«

»Sag es einfach.«

Sie ist jetzt also die Zweite, die mich Moni nennt. Ob sie das darf, fragt sie nicht.

»Ich kann in der Nacht nicht schlafen, weil mir dauernd etwas im Kopf herumgeht. Du gehst mir im Kopf herum.«

»Ich geh dir im Kopf herum? Habe ich dabei meine Bergschuhe an?«

»Du machst dich lustig über mich.«

Gloria könnte mich ihr vorziehen. Gradheraus, das ist die Sorge. Nämlich, dass sie mir nach ihrem Tod alles vermacht. Ich wisse ja, wie Gloria ist: alles oder nichts. Und sie, Klara, stünde dann im Elend da. Sie brauche diese Hilfe. Einmal im Leben ein bisschen Hilfe! Verdientermaßen! Startkapital in ihrem Alter. Dass ein Mensch in ihrem Alter, dreiundfünfzig, überhaupt noch starten müsse! Nicht einmal der ADEG würde sie noch als Verkäuferin nehmen. Die nehmen nur noch junge, am liebsten hübsche. Am liebsten junge hübsche Ausländerinnen. Weil inzwischen mehr als fünfzig Prozent der Kunden Ausländer seien. Ob ich wisse, dass sie, Klara, geschieden sei? Dass ihre Tochter in Norwegen sei? Mit einem Neger sei sie davon und dazu im Streit mit ihr, ihrer Mutter. Sie sei auf Glorias Erbe angewiesen. Aber sie wisse genau, sie kriege es nicht. Obwohl ihr Gloria das Haus versprochen habe.

Mehrere Male. Und nicht im verwirrten Zustand. Aber eben nichts Schriftliches. Wie immer in ihrem Leben kriege sie wahrscheinlich nichts. Nicht einmal ein Pflichtanteil stehe ihr zu. Als Nichte. Darüber, aber auch noch über etwas anderes müsse sie mit mir sprechen.

»Und zwar unbedingt!«

Dieser Ton klingt anders als der vorangegangene. Ein Vorwurf. Ein Befehl. Eine Zurredestellung.

Und weiter: »Wegen Corona, das macht mir nichts, Moni. Hab᾽ ich schon gehabt. Nichts Besonderes. Und was ich mit dir bereden muss, ist so wichtig, dass ich dafür gern noch einmal Corona kriege.«

Ich sage: »Gut. Wann? Wo?«

Ich schalte das Handy auf laut und halte es weit von mir weg. Ich stelle mir Klaras Gesicht vor. Zaghaft. Unterwürfig. Verzweifelt. Hoffend. Ein bisschen Rebellion, ein bisschen aber nur, weil gegen das Schicksal, wogegen zu rebellieren bekanntlich sinnlos ist … Das alles aber ist verlogen. Tarnung. So tarnt sich die Gier. Gar nicht vor den anderen. Die Gier tarnt sich vor der Gierigen. Wir verabreden uns in einem Kuchencafé in Bregenz.

Michael rät mir, mich nicht in diese Sache hineinziehen zu lassen. Er weiß nicht, worum es geht. Aus der Art, wie ich telefoniere, schließt er, dass es etwas ist, worin ich mich verstricken könnte. Wie ich mit dem Handy dastehe und nicke und Wörter sage, kaum eines länger als eine

Silbe. Er kenne mich, kaum hätte ich mich umgesehen, wäre ich der Kern eines Streits. Er wisse, ich könne nichts dafür. Aber es sei so. Nicht ich sei so, es sei so.

Ich verspreche, mich nicht einzumischen. »Ich werde nur zuhören.«

Das tat ich.

Gloria habe Angst vor Einbrechern. Es sei schon ein paar Mal vorgekommen, dass eingebrochen worden sei. Darum habe sie, Klara, einen Dienst einrichten lassen. Gloria müsse nur auf den roten Knopf eines Kästchens drücken, das aussehe wie eine Fernbedienung. Das sei absichtlich so. Weil eine Fernbedienung harmlos aussehe. Es könnte ja sein, nur angenommen, dass dir ein Einbrecher gegenübersitzt und dich in Schach hält, womöglich mit einer Pistole, während sein Kumpan die wertvollen Sachen in einen Sack füllt, dann kannst du so tun, als ob du vor lauter Nervosität mit der Fernsehfernbedienung herumspielst, und dabei drückst du auf den roten Knopf, und schon rauscht die Polizei los. Einmal seien zwei Einbrecher auf der Stelle gestellt worden. Sie hätten nicht einmal Zeit gehabt, sich für einen Gegenstand zu entscheiden, der ihnen stehlenswert vorgekommen sei. Und einmal habe es einen Mann gegeben, der sei im Keller gefasst worden. Ein psychisch Kranker, den Gloria vom Sehen kannte und der manchmal mit ihr im Garten Bier getrunken hatte, das Bier habe er jedes Mal selber mitgebracht, vier Flaschen, zwei für Gloria, zwei für ihn. Einmal sei er eingewiesen worden, weil er in der Stadt den Verkehr regeln wollte, mitten auf der Straße sei er gestanden und habe wild um sich gefuchtelt. Man habe ihn wegtragen müssen. Gloria habe es nicht zugegeben, aber sie sei verliebt gewesen in den Mann. Gut ausgesehen habe er ja, aber was nütze das, wenn einer verrückt ist. Gloria habe auf die Fernbedienung gedrückt, weil sie etwas gehört habe, als sie ihn dann aber im Keller hocken sah, habe sie Fürsprache gehalten vor der Polizei und keine Anzeige eingereicht. Sie habe sich mit dem Mann beim Bier über den Weltuntergang unterhalten, in der Nacht, unter dem Vollmond. Noch heute schwärme sie von ihm. Ob das nicht auch ein Zeichen von Verwirrtheit sei. Nicht gleich Verrücktheit, aber Verwirrtheit. Als der Mann eines Tages nicht mehr in den Garten kam, habe sie ihn vermisst …

Wenn wir uns zum letzten Mal sehen, wird Gloria von dem Mann erzählen. Dass sie tatsächlich in ihn verliebt gewesen sei, dass er wie Gregory Peck ausgesehen habe, wie eine Mischung aus Gregory Peck und Anthony Perkins, in verwahrloster Form halt. Und dass er sich leider gar nicht für Sex, sondern nur für die kleinen Tiere im Keller interessiert habe, und für die nur in Bezug auf ihre Ausrottung. An diesem Abend würde Gloria sehr wortge-

wandt witzig sein, eloquent wie ehemals im Deutschun-
terricht.

»Das ist es doch nicht, was du mir sagen möchtest, Klara.«

»Nein«, gab sie zu.

Gloria hatte ihr von dem Geld erzählt, das ihre Mutter
im Haus versteckt hat. Klara sagte, sie könne sich nicht
vorstellen, dass ein Mensch, der seine Sinne beieinander-
habe, so etwas tue.

»Hast du das gewusst?«

»Nein«, log ich. Ich hatte Michael versprochen, mich
nicht einzumischen, und die Wahrheit wäre eindeutig als
Einmischung verstanden worden.

»Ich glaube, jetzt spinnt sie total«, sagte sie, und wieder
sprangen ihr die Hände vor den Mund, wieder klopfte sie
auf den Mund wie eine Mama auf den Popo eines Kindes,
das in die Steckdose fassen will. »Denkst du, Moni, es ist so?«

»Dass Glorias Mutter Geld im Haus versteckt hat?«

»Wäre es ihr zuzutrauen? Ich habe sie ja kaum gekannt.
Du schon. Gut sogar, sagt Gloria. Die Moni hat meine
Mutter besser gekannt als jeder andere, das sagt sie. Ich
war winzig, als sie gestorben ist. Wäre es Glorias Mutter
zuzutrauen gewesen, dass sie Geld im Haus versteckt?«

»Ja.«

Das war Einmischung. Eindeutig. Aber ich war neugierig, wie Klara darauf reagieren würde.

»Himmelnocheinmal«, sagte sie.

Ich schwieg. Beide hatten wir den Kuchen noch nicht probiert, den Klara für uns bestellt hatte.

»Das ist wahrhaftig eine Scheiße«, sagte sie, und nach mehrmaliger Wiederholung: »Was würdest du tun, wenn sie dir alles vererbt?«

Ich hielt es lässig aus, ihr in die Augen zu schauen, nicht zu grinsen, aber Grinsen zu denken und nichts zu sagen.

»Meinst du, es ist gelogen, was mir Gloria erzählt hat. Fantasiert? Ausgedacht? Böswillig ausgedacht? Von Gloria böswillig ausgedacht, um mich verrückt zu machen? Dass kein Geld in dem Haus versteckt ist?«

Ich: konstant.

»Ich habe Gloria gefragt, um was für eine Summe es sich ungefähr handelt. Ich spreche jetzt von Euro. Umgerechnet in Euro. Sie glaubt, sicher so um die zweihunderttausend. Zweihunderttausend Euro! Mama mia! Wie viel ist das in Schilling? Weil, das sind ja immer noch Schilling, die in dem Haus herumliegen! Ich habe mich erkundigt, habe bei der Bank angerufen, man kann immer noch Schilling umtauschen. Man muss Euro mal 13,6 rechnen. Das wären dann sage und schreibe: zwei Millionen und siebenhundertzwanzigtausend Schilling! Wo sind die? Ich habe Gloria gefragt, ob sie gesucht hat. Sie hat gesagt, das interessiert sie nicht. Das interessiert sie nicht! Jemand, den zweimillionensiebenhundertzwanzigtausend Schilling nicht interessieren, der ist doch nicht zurechnungsfähig! Das musst du doch zugeben, Moni! Das müsste, meine ich, bei der Testamentsverlesung vorgebracht werden. Mich wird man ja nicht einmal zur Testamentsverlesung einladen.«

Aus ihren Augen rann je eine Träne. Ich wartete, bis sie auf Höhe des Mundes in der Haut versickert waren. Dann sagte ich: »Da kann man nichts machen.«

»Mehr sagst du dazu nicht?«

»Es geht mich nichts an.«

Schnell aß sie ihren Kuchen auf, dreimal mit der Gabel ein Stück aufgespießt, und weg war er.

Kauend sagte sie – ich dachte, sie kaut, damit ich die Häme in ihrem Gesicht nicht sehe: »Und dann? Wenn du Haus und Hof erbst? Was tust du dann? Es würde mich interessieren. Das würde jeden interessieren. Wenn man das Haus nämlich nicht abreißt, ist alles zusammen nichts wert, nämlich gar nichts. Dann hast du nur den alten Kasten am Hals, und der kostet, das kannst du mir glauben. Das Haus will niemand haben. Da habe ich mich erkundigt. Das Ganze ist nur etwas wert, wenn man das Haus abreißt und den Garten dahinter rodet und drei oder vier Wohnblocks draufstellt …«

»Dann ist es viel wert«, gab ich ihr recht.

»Und? Wirst du das Haus abreißen? Wenn du alles erbst?

Obwohl du weißt, dass in ihm zweimillionensiebenhundertzwanzigtausend Schilling versteckt sind? Zweihunderttausend Euro! Man kann immer noch umtauschen, Mensch!«

»Wenn ich alles erbe«, sagte ich, »und du hast recht, Klara, wahrscheinlich werde ich alles erben, dann werde ich dir den Schlüssel geben und dazu einen Monat Zeit, damit du das Haus durchsuchen kannst. Was du findest gehört dir.« – Das sagte ich nicht. Das dachte ich nur. Gesagt habe ich: »War das alles, was du mir sagen wolltest?«

Wieder dachte ich nur: Meinen Kuchen zahle ich selbst, sagte stattdessen: »Danke für den Kaffee und den Kuchen.«

Sechstes Kapitel

Nach der Slapstickeinlage mit der Frau ihres Professors besuchte Gloria das Max Reinhardt Seminar nicht mehr. Ihr war, als hätte die ganze Welt zugeschaut, wie die Frau über sie drübergeplumpst war und sich den Knöchel verstaucht hatte. Und wie sie, Gloria, ihr den Mann abkaufen wollte mit Geld. Und wie die Polizei gekommen war. Und Andrea wie ein eingesperrtes Tier, er jedoch in Unterhemd und Unterhose im Hausflur auf und ab marschiert war, die Hände zum Gebet erhoben, und vor sich hin geflüstert hat: »Nicht so laut, bitte, nicht so laut!« Gloria schämte sich. Nicht für das, was sie getan hatte, sondern dass sie es so schlecht getan hatte. Sie meinte, auch ein Studium am berühmten Max Reinhardt Seminar würde aus ihr keine Schauspielerin machen können, die so eine Szene souverän meisterte. Zugegeben, eine schwierige Szene, zugegeben, eine schwere Rolle. Aber eine Frau mit ihren Ambitionen hätte das schaffen müssen. Hatte sie aber nicht. Aus der Traum von Hollywood oder wenigstens aus der Traum vom Burgtheater. Auch wurscht! Sie fuhr nach Bregenz, warf ihren Weekender ins Haus. »Ich besuche die Moni!« Die wohnte in ihrem frischen neuen Leben mit Mann und kleinem Sohn eine Autobusstunde entfernt im Bregenzerwald. Die Freundinnen sangen miteinander, spazierten miteinander am See entlang, lachten und wunderten sich übereinander. Was in so kurzer Zeit aus einem werden kann! Dann kehrte Gloria nach Wien zurück. Ihr Zimmer hatte sie ja nicht aufgegeben, Atelierfenster, Kohleofen, Stangen Baguette, wie Paris im Traum zweier Mädchen. Manchmal brühte sie Kaffee auf, trank ihn nicht, nur damit es nach Kaffee roch. Sie nahm sich vor, nicht an Andrea zu denken. Sie nahm sich vor, auf ihn zu warten, aber nicht an ihn zu denken. Sie redete sich ein, das geht. Und es ging. Sie putzte. Und ordnete. Sie wollte aus ihrer kleinen Wohnung ein Gegenteil des großen Hauses in Bregenz machen. Sie besprühte den Boden mit Fensterputzmittel, putzte bis in die Winkel hinein und wischte mit Möbelpolitur darüber. Sie musterte ihren Besitz. Kleider, Bücher, Schallplatten, Accessoires. Und musterte aus. Stopfte in den Container unten auf der Straße, was sie nicht für notwendig hielt. Behielt vier Garnituren, eine für normal, eine zum Wechseln, eine für Besonderes, eine für bequem. Den Reader mit berühmten Monologen, der im Seminar ausgegeben worden war, behielt sie und die Langenscheidt Wörterbücher. Schallplatte keine einzige, Schuhe drei Paar. Sie besuchte verschiedene Kaffeehäuser. Nie aß sie zu Hause. Mindestens eine Stunde pro Tag lüftete sie. Sie trank keinen Alkohol, schränkte das Rauchen ein. Hörte nur selten Radio. Lag auf dem Bett und wartete und vergaß, dass sie wartete, und lag einfach nur da. Sie dachte, nach drei Monaten in diesem Modus könne man von einem Lebensabschnitt sprechen. Wenn sie in den Spiegel schaute, sah sie ein hässliches Ding. Das war ihr recht. Sie dachte, wenn er kommt und ein begehrensunwertes Ding vor sich sieht und mich trotzdem begehrt, dann werde ich mich ihm ganz hingeben. Immer hatte sie Angst gehabt, schlecht zu riechen, muffig wie das Haus, sauer wie die fette Mutter. Sie schnüffelte an sich, wischte mit der Hand durch ihre Achseln, roch daran, griff sich zwischen die Beine, roch daran. Die Blicke der Männer in den Kaffeehäusern sagten: Die sieht toll aus. Sie wurde auch angesprochen. Da hätte sie weinen können. War Andrea mit seiner Familie verreist? War er womöglich geflohen? Weil er damit rechnete, dass sie zurückkommt nach Wien? Aber er hatte doch gesagt, mit den drei Mädchen und dem Kleinkind zu verreisen, sei ein Albtraum. War sie der noch größere Albtraum?

Dann suchte sie ihn. Erst schlich sie um das Haus herum, auf dessen Treppenabsatz ihr misslungener Auftritt stattgefunden hatte. Sie suchte ihn im Rosengarten neben dem Burgtheater. Dort waren sie zweimal gesessen, nur zweimal, und doch hatte sie das Gefühl, der Rosengarten sei ihr gemeinsamer geheimer Ort. Ihr Versöhnungsort. Er hatte verbotenerweise eine weiß-rosa Rose gepflückt und sie ihr mit Verbeugung überreicht. Das war wie eine Vorverlobung. Vorverlobung – Verlobung – Scheidung – Heirat. Andrea hatte erzählt, er habe aus zuverlässiger Quelle erfahren, die Stadtverwaltung habe vor, Rosenstöcke an Privatpersonen zu verkaufen, die dürften dann ein Schild anbringen, worauf stehe, wer wem die Rose widme. Wenn das wahr sei, sagte Andrea, werde er ihr, Gloria, ein Rosenbäumchen kaufen und ungeniert auf das Schild schreiben lassen: »Für meine Gloria von Deinem Andrea«. Er würde nicht davor zurückschrecken, auch wenn es sogar sehr wahrscheinlich sei, dass seine Frau, die auf dem Weg zum Burgtheater immer durch den Rosengarten gehe, das Bäumchen und die Widmung lese und sich das Richtige denke. Eine weiße Rose würde er aussuchen. Sie hatte nicht gefragt, warum eine weiße. Sie hatte eine Ahnung, warum. Im Garten hinter dem Gespensterhaus hatte ihre Mutter irgendwann aus einer Laune heraus ein langes Rosenbeet pflanzen lassen. Das hatte viel Geld gekostet, spezielle Bäumchen hatte sie ausgesucht, und sie sollten schon erwachsen sein. Und alle weiß. Und dann sind sie alle, wirklich alle, nach einem Jahr eingegangen. Der Gärtner hatte gewarnt, die weißen seien die empfindlichsten. Die Mutter aber hatte auf weiß bestanden. Auch damals hatte Gloria eine Ahnung gehabt, warum. Wofür steht denn die Farbe Weiß, um Himmels willen! »Die weißen Rosen sind Verrecker!«, hatte die Mutter geschimpft. Der Gärtner hatte sich geweigert, kostenlos Ersatz zu liefern und einzugraben. »Ich habe Sie gewarnt«, sagte er. »Ich bin nicht bereit, erneut Rosen zu opfern. Auch Rosen sind Geschöpfe!« Die Mutter schimpfte: »Verrecker! Verrecker! Verrecker!« Als hätte die Natur ihr die Unschuld genommen, die sie so gern im Garten hätte wachsen und blühen sehen. Der Gärtner aber bezog das auf sich und warnte wieder: »Ich weise Sie darauf hin, Beleidigung ist ein strafbarer Tatbestand, gnädige Frau!« Der Satz wurde in den familiären Sentenzenschatz aufgenommen und bei guter Laune und ohne Zusammenhang zitiert.

Ob er wisse, dass die weißen Rosen besonders empfindlich seien, fragte Gloria, und Andrea antwortete: »Ebendarum.«

»Bin ich für dich so eine?«, fragte sie.

Vielleicht war dieser Mann ja nur halb so katholisch, wie er sich gab. Sie dachte: Dass er mich nicht fickt, ist nicht wegen seinem Herrgott, es ist, weil ich noch Jungfrau bin. Er will nicht, dass ich das Bett verblute und in der Matratze Flecken sind, die man nicht mehr herauskriegt. Er will nicht der Erste sein. Am Ersten hängen die Weiber ihr Leben lang, und er will nicht, dass ich ein Leben lang an ihm hänge.

Und dann klopfte er an ihre Tür. Das Klopfzeichen, das

sie sich ausgemacht hatten, obwohl es gar nicht nötig wäre, sie lebten ja nicht klandestin in einer Diktatur – dreimal lang, dreimal kurz und dreimal lang. Sie öffnete mit geschlossenen Augen, und sie fielen sich in die Arme. Ihr schoss durch den Kopf: Es könnte auch ein anderer sein.

Sie trug ihre Trainingshosen und hatte nur einen BH an und war barfuß. Und sicher roch sie nicht gut. Die Wohnung auf alle Fälle roch gut, Dornröschen aber vielleicht nicht. Er zog seine Schuhe aus, die Socken ließ er an, in ihrer früheren Zeit hatte er nie Socken getragen, immer barfuß in den Schuhen. So tun die Italiener, hatte er gesagt, die Mailänder. Ihr Rossschwanz sah so traurig aus. Lange hatte sie ihre Haare nicht mehr gebürstet, und in den Nächten hatte sie den Gummi nicht abgezogen, der war in die Haare verwickelt, sie schrie auf, als er ihn löste. Sie sagte, dass sie erst die Zähne putzen wolle. Er ließ sie nicht los, sagte, es gefalle ihm, wenn sie nicht frisch sei. Er finde das menschlich.

»Andrea«, sagte sie, »mein Andrea!«

Er drückte sie so sehr an sich, dass sie kaum Luft bekam. Sie dachte, er wird mir die Rippen brechen, die zarten. Aber wenn schon. Er trug sie ins Bad, wollte sie in die Badewanne setzen. Schrie plötzlich auf. Hatte sich den Rücken verrissen. Humpelte ins Zimmer, legte sich aufs Bett. Sie massierte ihn.

Dass sie und er die Liebe nicht verraten dürfen, sagte er. Sie lachte ihn aus. Sie tat so, als lache sie ihn aus.

»Willst du denn nicht?«, fragte er.

»Nie wieder will ich dich«, sagte sie. Weil sie sich so gewiss war. Aber die Monate mussten aufgefüllt werden mit Begehren, die leeren Monate.

Er war gekränkt. Er ging, der Rücken schief, und kam nach einer Stunde wieder, brachte Süßes mit. Ob sie sich erinnere, wie sie gemeinsam von einer Schaumrolle gebissen hatten, er auf der einen Seite, sie auf der anderen, und dann haben sie sich gegenseitig den Mund sauber geschleckt? Sie sagte, sie wisse nicht, was er meint. Er wusste ja, dass sie es wusste, warum musste man es dann auch noch sagen. Sie lachten und tollten auf dem Bett herum.

Seine Frau, sagte er, rede oft von ihr. Es tue ihr leid, dass sie sich so aufgeführt habe im Stiegenhaus, Polizei und so.

»Tut es dir auch leid, Gloria?«, fragte er.

»Mir tut es auch leid«, sagte sie.

Seine Frau, rückte er schließlich heraus, wolle sie am Sonntag zum Essen einladen.

Gloria meinte nicht, das könne nur ein Scherz sein, ein saublöder Scherz, ein hundsgemeiner, hinterhältiger. Nein, das glaubte sie nicht. Der Mensch ist gut, die Welt ist gut. Für einen Augenblick war sie sehr glücklich. Ein Glück ohne Beweis seiner Existenz. Sie drehte sich, ergötzte sich an dem kahlen Zimmer, sogar die drei Bilder, die sie bei ihrem Einzug an die Wand gehängt hatte, waren im Container gelandet. Alles war gut. Es war richtig gewesen zu putzen, zu wischen, zu kehren, zu polieren, zu ordnen. Das Nichts rundum sagte, nun kannst du von vorne beginnen.

»Hilfst du mir beim Vorhängeeinkaufen?«, fragte sie. »Kann deine Frau nähen?«

»Willst du, dass sie dir Vorhänge näht?« Kein Vorwurf war in der Frage. Es war eine ganz normale Frage.

»Würde sie das tun? Hat sie eine Nähmaschine?«

»Jede Familie mit vier Kindern besitzt eine Nähmaschine«, sagte er. »Du kannst sie ja fragen.«

»Glaubst du, sie wird?«

Ob es irgendeine Speise gäbe, die sie nicht mag, fragte er. Seine Frau schlage Püree vor und Rosenkohl, Kalbfleisch, wenn sie das wolle, und zum Nachtisch Pudding, Schoko und Vanille. Andreas Frau war Mailänderin. Sie war eine gute Köchin. Dem Gast zuliebe hatte sie ein »deutsches« Menü zusammengestellt. Als Nachtisch nach dem Nachtisch Kaffee und Marmorkuchen. Den Namen seiner Frau nannte Andrea nicht.

Den Rest des Tages verbrachten sie in der Innenstadt auf der Suche nach einem Vorhangstoff. Sie nahm einen sonnengelben, mit dem war auch Andrea einverstanden. Wieder war sie glücklich. Weil er der Anspruchsvolle war, nicht sie. Als würden sie seine Wohnung ausstatten und nicht ihre. Falsch: Als wäre es von nun an ihre gemeinsame Wohnung.

»Was sollen wir an die Wand hängen?«, fragte sie.

Im Reinhardt Seminar lägen Massen von Fotos herum, sagte er, großformatige, Fotos von Schauspielerinnen und Schauspielern, Paula Wessely, Gustaf Gründgens, Heinrich George, Käthe Dorsch. Ob Bilder von Filmschauspielern auch? Amerikanischen? Am liebsten amerikanische. Er werde sich kundig machen, sagte Andrea. Kam am nächsten Tag bereits, Freitag, mit drei Bildern, schwarzweiß, schon gerahmt: Ingrid Bergman, Szenenfoto aus *Casablanca*, Katharine Hepburn in *African Queen*, James Cagney in *One, Two, Three*. Zu jedem wusste er eine Geschichte. Gemeinsam hängten sie die Bilder an die Wand.

Andrea blieb über Nacht. Und über den Samstag blieb er auch. Und am Sonntag erschienen sie gemeinsam beim Mittagstisch. Das Püree dampfte, das Kalbfleisch duftete, der Rosenkohl in der Porzellanschüssel sah aus wie auf einem Gemälde, grüner als auf dem Feld. Gloria trug eine Hose. Damit wollte sie sich unauffällig machen. Sie meinte, das könnte Andreas Frau beschwichtigen. Als ob die Hose sie nur halb weiblich aussehen ließ. Nicht so begehrenswert. Ein halber Bursche. Ein Kumpan. Der Puck aus dem *Sommernachtstraum*. »Jetzt beheult der Wolf den Mond, durstig brüllt im Forst der Tiger …« Und obendrüber ein viel zu weiter dünner Pullover. Und Turnschuhe, die lässigen blau-weißen Semperitpatschen.

Andreas Frau hatte den Tisch weiß gedeckt. Bei der Vorstellung und Handreichung nuschelte sie, Gloria verstand »Mechthild«, hätte aber auch »möcht ich« heißen können, keine Italienerin heißt Mechthild, aber niemand sagt ohne Zusammenhang »möcht ich«, es musste also etwas anderes geheißen haben. Einen großen Kopf hatte sie, sehr viel Frisur, blond. Sie trug eine Schürze, und als ihr Gloria die Tulpen überreichte, band sie die Schürze auf und legte sie sorgfältig beiseite. Ihr Kleid war eng, ihr Busen wölbte sich unter dem dünnen Stoff, und Gloria dachte, ihr Bauch ist gerade so groß wie ihr Busen, sie wird doch nicht schon wieder schwanger sein. Ihre Hand roch nach angebrannter Milch, nicht unangenehm, gemütlich. Die drei Mädchen hatten ihre Sonntagskleider an, gelb, blau und rosa, mit weißem steifem Kragen. Wie Ausstellungsstücke, dachte Gloria, drei bunte Warnpfeiler: Bis hierher und nicht weiter, Fremde! Sie gab ihnen die Bisquitkatzenzungen, keine abgepackten, sondern solche aus der Konditorei, und gleich fragte die Kleinste: Mama, dürfen wir, Mama, mag ich das? Der Jüngste, erst knapp über dem Baby, saß neben Andrea im Kinderstuhl und klopfte mit dem Löffel, den er sich vom Tisch gegrapscht hatte, wie ein Zwergenvater, der Ruhe verlangt. Er trug ein Lätzchen und wurde im Folgenden von seinem Vater gefüttert. Das Fleisch kaute er ihm vor. Das Bübchen griff ihm flink in die schwarzen Locken und riss daran.

»Andrea, er darf das nicht!«, sagte die Mama.

Ihr italienischer Akzent machte Gloria klein. Als sie mit ihrer besten Freundin Moni in Zürich gewesen war, da hatten sie in den Geschäften getan, als wären sie Engländerinnen oder Italienerinnen, sie beide wären so gern andere gewesen, als sie waren, und Andreas Frau war so eine andere.

»Du denkst, wir sind wie eine Familie in einem italienischen Spielfilm«, lachte Andrea zu Gloria hinüber, und genau das hatte sie gedacht.

Er war der Professor, er hatte seinen Studenten Filme gezeigt, die sie dann gemeinsam besprochen hatten. Sein Lieblingsfilm war *Fahrraddiebe* von Vittorio De Sica. Drei Mal hatten sie den Film angesehen, Szene für Szene hatten sie analysiert. Da waren auch Vater und Sohn darin aufgetreten, der Sohn war acht Jahre, Gloria hatte sich die Namen gemerkt, Antonio Ricci und Bruno Ricci. Jetzt war Andreas Sohn noch klein, in ein paar Jahren würde er die schwarzen Locken seines Vaters haben.

Auch die Mädchen hatten schwarze Locken und schwarze Augen wie ihr Vater, die sechs Kugeln waren die ganze Zeit auf Gloria gerichtet. Stille Münder. Auf dem Weg hierher hatte Andrea gesagt, als Einstimmung zum Sonntagmittagstisch sozusagen, das »Mamasein« liebe er

an seiner Frau. Was bei ein bisschen Glück vielleicht heißen konnte: Sonst nichts. Gloria fand nichts an der Frau
liebenswert. Aber das hatte nichts zu bedeuten. Außer der
Moni hatte sie im ganzen Leben keine Frau liebenswert
gefunden. Die Mama war blond. Honigblond. Und glatte
Haare hatte sie. Und eine blasse Gesichtshaut. Und blaue
Augen. Mitten im Kalbsbraten sagte sie, Andrea halte sie,
Gloria, für sehr begabt, er sage ihr eine Zukunft voraus
und Andrea habe Geschmack und Gespür, in puncto Ta-
lent irre er sich nie. Was für eine Zukunft, fragte Gloria
leise, aber das hörte niemand. Sie hoffte, Andrea würde
ihr unter dem Tisch das Schienbein streicheln, mit seinem Sockenfuß.

Die Mutter tadelte die Kinder, ohne Grund: »Nehmt
euch ein Beispiel an Gloria!«

Gloria sagte, und es war das Erste, was sie sagte, seit die
Teller mit Fleisch, Püree und Rosenkohl belegt waren:
dass sie sich gern, sollte die Familie einmal Zeit für sich
brauchen, als Babysitterin für den Buben anbiete.

»Er heißt Carlo«, sagte die Mama, ohne Gloria anzusehen. Dann aber wandte sie sich plötzlich um und starrte
ihr in die Augen, so intensiv, als sehe sie darin die Wahrheit. Andrea war zwanzig Jahre älter als Gloria. Seine Frau
war auch zwanzig Jahre älter als sie. Sie könnte als Kind
hier einziehen. Sie hätte sagen können, nein, das ist alles
ein Irrtum, nehmt mich auf, schiebt ein zusätzliches Bett

ins Kinderzimmer, ich bin ein lediges Kind von Andrea, das erst jetzt aufgetaucht ist, meine Mutter hatte eine Affäre mit Andrea, heute ist sie eine dicke Frau und nicht mehr gefährlich. Das ist doch praktisch, ich kann auf die Kleinen aufpassen, ich kann Carlo im Kinderwagen durch den Park in Schönbrunn schieben oder durch den Rosengarten beim Burgtheater, so werde ich trainieren, wenn ich später selbst Mama werde, denn zugleich bin ich auch die Geliebte von Andrea, und wenn er mich endlich fickt, besteht die Möglichkeit, dass ich mindestens so schwanger werde, wie ich denke, dass Mama bereits ist, aber auch auf das fünfte Kind könnte ich aufpassen. Worüber wäre die Mama mehr verzweifelt, über eine überraschende Tochter ihres Mannes oder über seine Geliebte?

Andrea half der Mama beim Tischabräumen. Gloria war mit den Kindern allein, die Mädchen starrten sie an, der Bub klopfte, sie stand vom Tisch auf und schlich zur Tür. Sie hörte die Eheleute in der Küche reden. Sie sprachen italienisch. Gloria verstand: »Stupida mucca!« Dreimal hintereinander. Das merkte sie sich. Zu Hause schlug sie die beiden Worte in ihrem Langenscheidtbüchlein nach: »Blöde Kuh.« Und Andrea hatte nicht widersprochen.

Von nun an lebten Gloria und Andrea zusammen. In Glorias kleiner Wohnung. Schmückten sie aus zu ihrem Nest.

Gloria sagte: »Wenn ich dich auch nur ein einziges Mal erwische, wie du zu deiner Familie kriechst, dann schmeiß ich dich raus!«

Das ging gut zwei Monate. Und es ging wirklich gut. Aber schließlich nicht mehr. Eines Morgens stieg Andrea in den Bus, um nach Hietzing ins Max Reinhardt Seminar zu fahren, und kam nicht mehr wieder. Drei Tage wartete Gloria, lag auf dem Bett, dann fuhr sie nach Bregenz und besuchte wieder Moni im Bregenzerwald und fuhr wieder mit ihr zurück nach Bregenz und sagte wieder: »Er fickt mich nicht. Er hat mich nicht gefickt. Nicht ums Verrecken nicht! Ich habe ihm einen geblasen, er hat mich geleckt. Aber gefickt hat er mich nicht.«

Moni glaubte ihr und glaubte ihr nicht.

Im Garten hinter dem Haus breitete sich gefährlich ein Bambuswald aus. Der zog sich am Zaun entlang, und er schickte seine Wurzeln hinüber zum Revier des Bauernhofs zur Rechten. Der Gärtner warnte, wenn man da nichts macht, wird er bald den ganzen Park zuwuchern und es wird außerdem bald Ärger geben mit dem Bauern drüben. Die Stangen wuchsen bis zu zwölf Meter hinauf. Vor Jahren hatte Glorias Mutter eine kleine Pflanze bestellt, sie hatte in einem Journal gelesen, dass Bambus die tapferste Pflanze der Welt sei. Damals glaubte sie, Tapferkeit brauchen zu können. Selbst hatte sie das Pflänzchen eingesetzt, gleich neben dem Komposthaufen. Zwei Jahre lang war gar nichts, der tapfere Soldat wurde vergessen. Plötzlich aber wuchs er, man könne ihm beim Wachsen zuschauen, erzählte die Mutter den wenigen Menschen, mit denen sie redete. Fremde Leute klingelten, die wollten den Bambus aus nächster Nähe anstaunen. Manche baten um Stecken, weil die so einmalig seien. Ein guter Ersatz für die verreckten weißen Rosen.

Siebtes Kapitel

Mit zwanzig heiratete ich. Gloria war meine Trauzeugin. Ich fand, sie war schöner als ich.

Schon in der ersten Nacht dachte ich mir: Warum habe ich das getan? Nur, weil es mir gefiel, einen Mann zu besitzen, dem die Frauen nachschauten wie sonst die Männer den Frauen? Kantige Linien, heftige Augen, Narben im Gesicht, *Everybody's Darling*. Einer, den Gloria gern besessen hätte. Er war ein Mann, der mich beneidenswerter machte, als ich war. Ich wusste gar nichts, war aber bereits so traurig, als wüsste ich alles.

Der Bruder meines Mannes entführte mich nach der Hochzeit, nach Kaffee und Torte und Kirschschnaps. So harmlos war das. So spießig war das. So gar nicht wollte ich das. Ich war für Brauchtum nicht geeignet. Auch für lustiges Brauchtum nicht. Die Meinen hatten nirgends teilgenommen. Also saßen wir in irgendeinem Wirtshaus, er, der nun mein Schwager war, bestellte Sekt, den wir beide nicht mochten, aber es müsse sein. Die Familie erwarte das. Das sei wie das Taufen. Ich sei gegen das Taufen, sagte ich. Er sagte, ich doch auch. Es war ein teurer Sekt, nahezu ein Champagner, der teuerste. Auch das müsse sein. Ich im Hochzeitskleid. Auch das musste sein. Er dafür nicht im dunklen Anzug, sondern leger, helle Hose, englisch kariertes Sakko. Der Brautführer sollte auf keinen Fall mit dem Bräutigam verwechselt werden. Ob auch das Brauchtum war, weiß ich nicht. Mein Mann und mein Schwager waren Zwillinge, und auch wenn sie in ihrem Wesen sehr verschieden waren, äußerlich sahen sie einander so ähnlich. Wäre auch er im Hochzeitsanzug gewesen, nicht einmal seine Mutter hätte ihn aus zwanzig Metern Entfernung von seinem Bruder unterscheiden können, der Vater sowieso nicht. Er war Koch. Er würde gern einmal für mich kochen, sagte er. Natürlich, wenn sein Bruder mit dabei ist. »Wir machen es so«, sagte er. »Ich koche für dich, nur für dich, aber wir sagen es ihm nicht. Ich tu so, als hätte ich für uns drei gekocht. Er kann nicht zwischen Lachs und Forelle unterscheiden. Er isst einfach mit, aber wir beide wissen, ich habe nur für dich gekocht.«

Wir lachten wie Schulkinder, es wurde Abend. Dann lachten wir nicht mehr und warteten nur noch. Er war schüchtern, wir kannten uns kaum – nein, wir kannten uns *nicht*, seinen Bruder, meinen Mann, kannte ich *kaum*.

»Angenommen«, sagte er, »es gäbe einen Spiegel, in dem man sich nicht sieht, wie man sich in einem normalen Spiegel sieht, sondern verkehrt rechts und links, wenn du weißt, was ich meine, weißt du, woran ich sofort erkennen würde, ob ich ich oder mein Bruder bin?«

»Woran?«

Da verriet er es mir: »An den Ohrläppchen.«

Ich begutachtete sie. Hatte aber keine Erinnerung an die Ohrläppchen meines Mannes. Die hier waren dick und hingen tief herab. Und waren rot.

»Was sagst du zu meinen Ohrläppchen?«

»Sie sind dick und rot und hängen tief herab«, sagte ich.

»Wie deine«, sagte er. »Nur rot sind deine nicht. Weil du vornehm bist.«

»Wenn man daran zupft, werden sie rot«, sagte ich.

Das tat er aber nicht. Er saß auch nicht neben mir. Er saß mir gegenüber. Viel Platz war zwischen uns. Jeder in diesem Gasthaus, der uns sah, hätte bestätigen können, dass viel Platz zwischen uns war.

Wir hatten gelacht und gescherzt, wie vom Brauchtum vorgesehen, auf einmal waren wir ernst, und er sagte, er mache sich Sorgen. Nämlich, dass ich nicht mit seinem Bruder zurechtkomme.

Wörtlich sagte er: »Ich habe von dem Einen alles gekriegt und er von dem Anderen.«

Er meinte Sanftmut und Zorn. Sanftmut er, Zorn mein Mann. Hatte ich bisher nicht mitgekriegt. Genauso wenig, wie ich seine Ohrläppchen mitgekriegt hatte. Mein

Gesicht wurde eisig, weil ich dachte: Und wenn sie getauscht haben, einmal er bei mir, dann sein Bruder bei mir? Einmal er mit mir im Auto ins Tessin, einmal der andere mit mir auf der Insel Mainau. Einmal war der eine auf mir draufgelegen, dann der andere. Eine Komödie mit Peter Alexander. Und ich die Deppin. Womöglich gab es einen Dritten, mit dem eine Wette abgeschlossen worden war. Wie es der Gunther Sachs gemacht hat, bezüglich Heirat mit Brigitte Bardot. »Du bist ein schönes Segelschiff. Und du brauchst Wind in den Segeln. Ich will dieser Wind sein«, plus 30 000 Rosen, abgeworfen vom Helikopter, und schon: Wette gewonnen! Hoffentlich hat er mit dem Wettgewinn die Rosen bezahlen können. Gloria wäre entzückt gewesen – wenn sie diejenige wäre. Die Brigitte Bardot und Gunther Sachs, das allumfassende Traumpaar jener Zeit.

Der Mann meiner Tante Kathe hatte nach unserem ersten gemeinsamen Besuch gesagt: »Ein prächtiges Gebiss hat er, das muss man ihm lassen.« Onkel Sepp, mein liebster Onkel, warf sich später nach unserer Scheidung vor, dass er zu wenig nach mir geschaut habe, das wäre er seiner Schwester Grete schuldig gewesen. Ich sagte zu ihm, nein, mein Mann war kein schlechter Mann, er war nur ein unberechenbarer, manchmal jähzorniger Mann, aber auch ein freundlicher, fröhlicher, charmanter, wir lassen uns nicht scheiden, weil er ein böser Mann war, sondern weil er nicht der richtige Mann war. Als ich dann zum zweiten Mal heiratete, nahm er Michael beiseite und flüsterte ihm ins Ohr: »Wenn du sie schlägst, bringen wir dich um.« Er meinte, er und seine Brüder, die Brüder allerdings nur im Geiste, denn sie lebten nicht mehr, was aber nicht hieß, dass sie nicht dabei sein würden. Michael hat das gefallen.

Wie es wiederum Brauch war, wählte der Bräutigam unter den Gästen, wer ihn bei der Suche nach seiner Braut begleiten sollte. Mein Mann nahm Gloria. Wen sonst. Sein Bruder und ich warteten lange in dem Gasthaus, dann gaben wir auf. Dieses Gasthaus war nichts Ausgefallenes oder Entlegenes, es lag auf der Hand, dass ich dorthin entführt werden würde. Absichtlich naheliegend, denn mein Schwager wollte keinen Ärger haben. Jeder Gast bei der Hochzeit würde sagen, fahrt dorthin, dort sind sie. Aber dorthin fuhren mein Mann und Gloria nicht. Ich weiß nicht, wohin sie fuhren. Bis heute weiß ich es nicht, noch heute könnte ich mich über sie ärgern. Dreieinhalb Stunden waren sie weg! Ich war schon lange zu Hause – das lange nicht mein Zuhause sein würde, nämlich im Haus meiner Schwiegereltern im Erdgeschoss –, ich lag auf dem Bett, k.o., da kam er an. Sein Bruder wartete im Wohnzimmer. Tür zum Schlafzimmer zu. »Sicherheitshalber«, hatte er gesagt. »Er wird durchdrehen. Sag du kein Wort. Das musst du lernen. Das ist bei

Cholerikern so. Sag nichts und schau ihm nicht in die Augen. Dann beruhigt er sich relativ rasch.«

Er beruhigte sich nicht, wahrscheinlich, weil ich ihm doch in die Augen geschaut habe, er ging auf seinen Bruder los. Es war grotesk. Als hätte sich einer verdoppelt. Wie bei Nestroy: »Jetzt bin ich wirklich neugierig, wer stärker ist, ich oder ich.« Es war der seltsamste Kampf, den ich je gesehen habe, Fernsehen, Kino und Netflix eingeschlossen. Mitgebracht hatte mein Mann die halbe Hochzeitsgesellschaft. Ich stand barfuß dazwischen im Hochzeitskleid, das solle ich um Gottes willen anlassen, hatte mir mein Schwager gesagt, und die Haare, die kunstvoll frisierten um Gottes willen nicht zerwühlen. Die weißen Stöckelschuhe hielt ich in den Händen.

Immer wieder brüllte mein Mann: »Wo wart ihr? Was habt ihr miteinander getrieben?« Und Ähnliches, was das Gleiche meinte.

Nachdem der eine am Boden lag, kam der andere auf mich zu und brüllte weiter: »Und du, was hast du zu sagen?«

Ich hatte nichts zu sagen. Ich schaute in die Runde, sah meinen Vater, meine Stiefmutter, da waren Kinder, die ich nicht kannte. Alle glotzten mich an. Gloria drückte mir nicht einmal ein Auge. Der SS-Obersturmbannführer trat nahe an mich heran und zischte: »Das tu nie wieder! Nicht mit meinem Sohn.« Das war nicht eindeutig. Es waren ja zwei Söhne da. Dieser Mann würde von nun an mein Schwiegervater sein. Mein Vater nahm mich nicht in Schutz, er linste immer wieder und verliebt und von der Seite zu Gloria hinüber. Die war ja auch eine wahre Blüte. Gelb. Mit einer Wespentaille. Bereits etwas altmodisch, ein Boogie-Woogie-Girl im Reifrock. Die Haare schwarz gefärbt, das Band am Rossschwanz rot wie das Blut von Dornröschen, ebenso rot der breite Gürtel und die Schuhe und der Mund und die Fingernägel.

Nachdem sein Vater sich dicht vor mich hingestellt hatte, stellte sich nun auch mein Mann dicht vor mich hin. Aber ihm fiel nichts ein. Er drehte sich um, schlug die Tür zu und war weg.

Am Ende waren Gloria und ich allein.

»Ich lass dich nicht hängen«, sagte sie.

Meine Hochzeitsnacht verbrachten wir beide miteinander. Im Ehebett.

In dunkler Nacht wachte ich auf und rüttelte Gloria.

»Wo wart ihr so lange? Und warum so lange! Wo!«

»Wir haben euch gesucht.«

»Hast du etwas mit ihm?«

»Mit wem?«

»Wer Gegenfragen stellt, lügt.«

»Mit wem?«

»Mit meinem Mann. Ich habe nämlich einen Mann!«

»Habe ich nicht. Hätte ich aber gern.«

»Hast du ihn gefragt?«

»Habe ich nicht. Hätte ich aber gern.«

»Dann frag ihn doch! Trau dich doch!«

»Frag ihn du, ob er mit mir will! Hast Schiss vor seiner Antwort.«

»Mich geht es nichts an. Warum sollte ich ihn fragen?«

»Warum geht dich das nichts an? Er ist dein Mann! Du hast nämlich einen Mann.«

»Wenn er mit dir will, ist er nicht mehr mein Mann, also geht es mich dann auch nichts mehr an.«

»Wenn du unbedingt willst, frage ich ihn!«

»Gut, ich will unbedingt. Frag ihn!«

»Gut, dann werde ich ihn fragen.«

»Tu's nicht.«

»Ich tu's eh nicht.«

Wir umarmten uns und so schliefen wir ein.

Das war der spannendste Tag in meiner Ehe. Es folgten viele bei weitem turbulentere, brutalere, beängstigendere, traurigere, verletzendere, verzagtere, grausamere, lustigere, einsamere Tage – der spannendste aber war dieser.

Mein Schwiegervater schlug vor, mich zu psychiatrieren. Mein Mann redete sanft auf mich ein, ich solle zustimmen, es habe nichts zu bedeuten, rein gar nichts, und niemand erfahre es, es sei ja nur, damit wir Ruhe vor ihm hätten. Ich stimmte zu. Ich bekam schriftlich, dass ich normal bin. Ich verlangte, dass wir aus dem Haus ausziehen. Der Schwiegervater organisierte eine Hochzeitsreise, das war die Antwort. Ein Jahr später war das. Ich war schwanger. Luftveränderung werde mir guttun.

Ich sagte zu ihm: »Ich habe es schriftlich, dass ich normal bin. Du auch? Zeig her! Du auch?«

Er holte aus, schaute seinen Sohn an, wartete darauf, dass der mich verteidigt. Der tat es nicht. Da hielt er mich nicht einmal für würdig, dass er mir eine klebte.

Der Schwiegervater kannte ein vornehmes Haus am Tegernsee und hatte, ohne uns zu fragen, bereits gebucht. Sein Hochzeitsgeschenk, sein Hochzeitsbefehl.

Mein Mann sagte zu mir: »Darf ich mich offiziell bei dir für ihn entschuldigen?«

Ich sagte: »Das musst du doch nicht.«

Als alles gut war zwischen uns und wir uns aneinander festhielten wie Brüderchen und Schwesterchen, ehe Brüderchen in ein Reh verzaubert wurde, erzählte er mir, wie er, siebenjährig, mit seinem Zwillingsbruder vom Rodeln zu spät nach Hause gekommen war und sein Vater von ihnen verlangt hatte, sie sollen sich vor ihm aufstellen, bis zu ihrem zehnten Lebensjahr waren sie immer gleich gekleidet, auch im Winter kurze Lederhosen, darunter Wollstrümpfe, die an den Unterhosen angeklammert waren, sie sollen ihre Arme vorstrecken, die blauen kalten Hände, und er holte einen Stecken, der mit einem Tuch umwickelt und verklebt war, damit kein Blut fließt, und haute ihnen drauf, einmal links, einmal rechts, noch einmal links, noch einmal rechts, bis sie auf die Knie niedersanken und nicht einmal mehr heulen konnten. Da tat er mir so leid, mein Mann, dass ich der Hochzeitsreise zustimmte.

Wir waren unter alten Leuten, die uns gnädig und misstrauisch beobachteten, Gesichter aus der Vergangenheit. Wir wohnten in einer Pension, die eine ehemalige BDM-Führerin und ein ehemaliger NSDAP-Funktionär betrieben. Die fühlten sich dem ehemaligen Obersturmbannführer verpflichtet und hatten ihm versprochen, auf uns aufzupassen und Bericht zu erstatten.

Ich war kein politischer Mensch, und von der Historie wusste ich wenig. Interessant ist: Das meiste über diese Zeit erfuhr ich, als ich den »Roman« meines Schwiegervaters abtippte ... – Das wollte ich eigentlich nicht erzählen, es ist mir so sehr zuwider, deshalb nur kurz: In dem ersten Jahr, in dem mein Mann und ich bei seinen Eltern im Erdgeschoss wohnten und ich nichts zu tun hatte, als auf eine Schwangerschaft zu warten und dann schwanger zu sein, stellte mich mein Schwiegervater als Tippse ein. Er hatte mich manchmal am Abend schreiben hören und das habe flott geklungen. Er wusste nicht, dass ich Schriftstellerin werden wollte, und hätte er es gewusst, er hätte nur Luft ausgestoßen. Sein »Roman« war eine Rechtfertigungsschrift. Von einem Mann wurde erzählt, der in einer schrecklichen Zeit Gutes tun will. Er meint, das könne er am besten »in der Höhle des Löwen«. Darum wurde er Assistent von Reinhard Heydrich in Prag. »Das ist der autobiographische Roman meines Mannes«, sagte meine Schwiegermutter und legte hundert doppelt mit Hand beschriebene Blätter auf meinen Küchentisch. »Wenn dir beim Abtippen Fehler begegnen, bessere sie aus, sag es ihm aber nicht.« Acht Schilling pro Schreibmaschinenseite. Als Gloria aus Wien kam und mich besuchte, diktierte sie mir. Uns »begegneten« viele Fehler. Und weil sie beim Diktieren alle möglichen Leute nachäffte und es so gut konnte, meine Schwiegermutter, meinen Schwiegervater, ihre Mutter, meinen Vater, kugelten wir uns.

In der Woche am Tegernsee langweilte ich mich nur. Mein Bauch war schon sehr dick. Ich wollte nicht spazieren, ich wollte nicht Federball spielen, ich wollte nicht im Hallenbad schwimmen, ich wollte nicht mit den Mumien unten in der Zirbenstube Schafkopfen, ich wollte nicht im Speisesaal mit ihnen gemeinsam Siedfleisch essen und ich wollte mir nicht die Lobeshymnen auf den Attentäter an Rudi Dutschke anhören. Ich war schwierig. Vor allem wollte ich nicht das Dirndl anziehen, das mein Schwiegervater angeschafft hatte. Und ich wollte nicht meinen Mann anschauen, wenn er im Seppelanzug, der ebenfalls angeschafft worden war, vor mir stand und so tat, als meine er sich selbst ironisch, ich drückte die Augen zu.

»Aber erst die Stutzen, schau dir die Stutzen an!«

Ich öffnete die Augen nicht. Er entschuldigte mich unten bei den Leuten. Schwanger. Laune. Prinzessin. Die ganze Woche blieb ich in dem Zimmer. Nicht einmal auf den geschnitzten Balkon trat ich.

Ich hatte Heimweh. Nicht nach der engen Wohnung bei meiner Stiefmutter oder der engen Wohnung bei meiner Tante Kathe. Nach der Wohnung im Haus meiner Schwiegereltern schon gar nicht. Nicht nach meinen Schwestern hatte ich Heimweh und nicht nach meinem Bruder und nicht nach meinem Vater. Sondern nach Gloria. Sie war in Wien. Das war damals weit weg. Mit Wehmut dachte ich an unser Zürichabenteuer. Wir telefonierten. Das sei das Erste gewesen, was sie sich in Wien angeschafft habe, ein Telefon. Wegen ihrer Mutter. Was ich ihr nicht glaubte. Wir telefonierten stundenlang. Ich rief sie an. Ich konnte den Hörer schon nicht mehr halten. Ich legte ihn aufs Kopfkissen und mein Ohr darüber, alle zwanzig Minuten wechselte ich die Seiten. Während mein Mann mit den Freunden seines Vaters unten beim Nachtmahl saß, während er mit ihnen Karten spielte, während er mit ihnen spazieren ging und sich ihre Romane anhörte, telefonierte ich. Telefonieren war damals teuer. Von Deutschland nach Österreich telefonieren war sehr, sehr teuer. Nach dieser Woche im Hochzeitsreiseexil bekam mein Schwiegervater eine Rechnung präsentiert, die machte anderthalb Monatsgehälter seiner Frau aus, und sie war immerhin Schuldirektorin. Von nun an respektierte er mich, was sich darin äußerte, dass er mir aus dem Weg ging. Wer seinen Roman fertig abgetippt hat, weiß ich nicht. Erschienen ist er nie. Der Herr Obersturmbannführer musste mitansehen, wie mein erstes Buch, ein Band mit Kurzprosa, verlegt wurde. Da hätte ich gern in sein Herz geschaut. Oder auch nicht.

Einmal hatte ich das Zimmer in der Pension am Tegernsee doch verlassen. Mein Mann bat mich, mit ihm am See entlangzuspazieren. Wir müssen reden, sagte er. Es war der letzte Abend. Ein bisschen kühl noch. April. Ich im breiten Schwangerschaftstritt und Trainingsanzug. Wir setzten uns auf eine Bank, und ich sagte, ich wisse nicht mehr, ob ich ihn liebe. Da sahen wir einen Mann laufen, ihm hinterher ein Bub, zehn Jahre, er lief auf Zehenspitzen.

Der Mann rief: »Peter, Peter, wo bist du? Mein Peter, Peter!«

Ein Polizeiboot fuhr los und der tote Peter wurde geborgen. Der Vater schlug mit einem Stecken auf die Kieselsteine und schrie laut, aber den Namen seines toten Kindes schrie er nicht mehr. Der Bub, der ihm nachgelaufen war, saß im Schneidersitz am Wasser und schaute geradeaus.

Mein Mann sagte: »Das Leben ist so kurz.«

Dieser Satz gehört zu den blödesten Sätzen, die einer sagen kann. In diesem Augenblick aber war er nicht blöd, es war, als wäre er zum ersten Mal gesagt worden, und ich nahm alles zurück.

»Ich lieb dich«, sagte ich.

Im Mai bekamen wir einen Buben. Mein Mann saß mit seinem Zwillingsbruder vor dem Fernseher, als das Fruchtwasser abging. Sie schauten *Rio Grande* mit Maureen O'Hara und John Wayne, gerade überfielen Indianer einen Treck und entführten Frauen und Kinder.

Von Gloria bekam ich eine Glückwunschkarte. Aus weißem Karton ausgeschnitten und selbst bemalt mit Buntstift. Zu sehen: sie und ich. Gloria and Mo-Nee. Mo-Nee mit einem Baby im Arm. Darunter stand:

»Gratuliere, du hast gewonnen!«

Ich wusste nicht, wer sie verständigt hatte.

Auch dieses Kapitel gebe ich Michael zu lesen. Er ist eifersüchtig und sagt es auch. Es lese sich so, als sehne ich mich manchmal zu meinem ersten Mann zurück. Ich sage, Menschenskind, Michael, das ist fünfzig Jahre her. Er schüttelt den Kopf. Es ist die Erinnerung, sagt er, und die sei im Kopf und dort werde nicht getrennt, alles sei gleichzeitig, alles spiele sich zugleich ab, da gibt es keine fünfzig Jahre.

»Michael«, sage ich, »hast du einen Vogel?«

»Du schwärmst«, sagt er.

»Was wie wo schwärme ich?«

»Wie er aussieht. Kantige Linien, heftige Augen.«

»Ich könnte auch von dir schwärmen.«

»Tust du aber nicht.«

»Soll ich ein Kapitel schreiben, in dem ich nur von dir schwärme?«

»Bitte, ja«, sagt er.

»Ich tu's!«

»Bitte, nein«, sagt er.

»Nein? Wirklich nein?«

»Ein bisschen vielleicht.«

Achtes Kapitel

Wir waren bereits in unseren Vierzigern, ich hatte vier Kinder zur Welt gebracht und war seit über zehn Jahren mit Michael verheiratet, wir waren in sein Elternhaus gezogen und hatten es nach unseren Vorstellungen umgebaut, da klingelte das Telefon, ich hob ab, nannte meinen Namen, hörte nichts, und obwohl ich schon seit Jahren keinen Kontakt mehr zu ihr hatte und nur selten an sie dachte, sagte ich in das Nichts hinein:

»Gloria, bist du es?«

Sie brauche mich, sagte sie.

Sie wollte ihren Vater besuchen. Und sie wünschte sich, dass ich sie begleite. Er war im Pflegeheim. Er war dement. Er hatte nie irgendwo anders gelebt als in Bregenz. Keine dreißig Gehminuten von Gloria und ihrer Mutter entfernt. Ihre Mutter war schon längst tot. Gloria wohnte allein in dem großen Haus. Schon seit vielen Jahren.

Ich erinnerte mich, als wir von unserem Zürichabenteuer zurückkamen. Da zeigte sie mir eine große Schachtel. Die war voll bis obenhin. Obendrauf ein Packen zurechtgeschnittener Kartons, jeder so groß wie eine Handfläche. Es waren von Paketen herausgeschnittene Teile, auf denen Glorias Name und die Adresse standen. Über Glorias Name klebte ein offizieller Streifen mit der Aufschrift *Luftpost*. Daneben stand handgeschrieben in Blockbuchstaben: *Aus Amerika.* – »Das hat meine Mama gemacht«, sagte sie. An jedem Geburtstag ein Paket aus »Amerika«. Das in Bregenz aufgegeben wurde. Die Stempel von der Post waren zerkratzt. »Von meinem Daddy aus Amerika.« Weiter waren in der Schachtel: Eine Puppe, ein Teddybär, Teile für die Puppenstube, Teile für einen Kaufladen, ein winziger Radioapparat, winziger Kühlschrank, winziges Bügeleisen, winziger Bügeltisch, winziger Philodendron. Die blauen Luftpostaufkleber gab es in Rollen bei der Post in Bregenz zu kaufen. Sie fand sie in der Schreibtischschublade ihrer Mutter.

Ich fragte sie nicht, seit wann sie wisse, wer ihr Vater war, und wie sie ihn gefunden hatte. Angesichts des Mannes, der im Rollstuhl vor uns saß, wäre jede Frage Besserwisserei gewesen – die Fragen hätten sich angehört wie Zweifel, ob denn auch diese Geschichte wieder nur Fantasie wäre. Ein sehr blasser, sehr dünner Mann, dem wir im Korridor des Pflegeheims gegenüberstanden und der über unsere Köpfe hinwegschaute und den Mund nicht zukriegte, die Augen tief in knöchernen Höhlen. Nichts war ihm mehr anzusehen. Auch nicht, wie er jemals ausgesehen hatte. Auch nicht, ob er uns erkannte. Ich meine, ob er uns als lebendige Wesen erkannte.

Die Pflegeschwester sah uns erwartungsvoll an. Sie wusste nicht, wer die Tochter war, mit der sie telefoniert hatte.

Ich sagte: »Können wir etwas tun?«

»Lieb sein«, sagte sie.

»Wie denn?«, fragte Gloria.

Das könne sie nicht beantworten. In ihrem Gesicht las ich: Wieder solche, die kein Herz haben.

Ich stimmte aufs Geratewohl an:

Aber Heidschi Bumbeidschi, nicht weinen.
Ein Stern leuchtet nicht nur für einen.

Gloria sang mit, und wieder klang es, als wäre da nur eine Stimme, so nahe waren wir beieinander. Sie griff nach meiner Hand, wir standen vor dem Rollstuhl des alten Mannes und sangen in dieses Gesicht hinein, in dem alles offen war:

Da droben ist jemand so herrlich und schön,
der kann kleine Kinder nicht weinen sehen.
Aber Heidschi Bumbeidschi bum bum.
Aber Heidschi Bumbeidschi bum bum.

Aus dem Speisesaal ertönte Applaus, und die Pflegeschwester bat uns, noch eine Strophe zu singen. Weil wir den Text nicht weiter auswendig konnten, sangen wir die gleiche Strophe noch einmal und gleich ein drittes Mal.

Im Gesicht des Mannes hatte sich nichts verändert. Hatte er uns gehört? Hatte er uns gesehen? Ich wollte es nicht, aber ich konnte nicht anders, als ihn mir nackt vorzustellen, wie er bei Glorias nackter Mutter lag, beide ineinander verschlungen. Bevor ihn die Schwester in sein Zimmer zurückschob, hob er die Hand, wie ein dürrer Zweig war sie, bog die Finger langsam zu einer Faust, richtete den Zeigefinger auf uns, streckte den Daumen hoch und machte eine Geste, als schieße er mit einer Pistole auf uns, zweimal, dreimal, viermal.

Als wir bald drei Jahrzehnte zuvor aus Zürich gekommen waren und uns in das große Haus geschlichen hatten, weil wir uns tiefer in der Fremde fühlten, als wenn wir tatsächlich nach New York geflogen wären, und deshalb uns nicht trennen, sondern wenigstens ein paar Nächte eng zusammen sein wollten, da hatte Gloria gesagt: »Können wir diesen Punkt abschließen? Endgültig?« Ich hatte gesagt: »Ja, das ist gut, ich bin stolz auf dich, Gloria.« Mit dem »Punkt« hatte sie ihren Daddy gemeint. Ich hatte damals gerade begonnen, Sigmund Freuds *Traumdeutung* zu lesen, ich hatte mir den Band von meinem Vater ausgeborgt, gern hat er ihn mir nicht gegeben. Ich wusste darüber nichts. Schwester Amatha hatte mich darauf aufmerksam gemacht. Sie steckte mir immer wieder Zettelchen zu, darauf standen Leseempfehlungen oder Zitate – »kleine Hilfen für eine werdende Schriftstellerin«, so nannte sie es. Einmal ein Gedicht von Eichendorff, das fixierte ich mit Klebstreifen und hatte es lange als Lesezeichen verwendet, irgendwann habe ich es verloren.

Schläft ein Lied in allen Dingen,
Die da träumen fort und fort,
Und die Welt hebt an zu singen,
Triffst du nur das Zauberwort.

Das hätte ich gern getroffen … – Dass ich stolz auf sie sei, hatte ich zu Gloria gesagt, stolz, dass sie es endlich schaffe, der Realität in die Augen zu schauen – dass sie es endlich schaffe, »nicht zu verdrängen«. Und nun, als wir vor dem Pflegeheim auf der Straße standen, sagte sie wörtlich wieder:

»Können wir diesen Punkt abschließen? Endgültig?«

Als wäre nicht ein Tag vergangen.

Wie kann das sein? Dass ein Mensch neben dem Fluss der Zeit steht … er sieht auf den Fluss, sitzt da wie ein Indianer vor seinem Zelt, Dinge, Tiere, Männer, Frauen schwimmen an ihm vorüber …

»Ich möchte heute Nacht nicht allein sein«, sagte sie. »Kannst du bitte deinen Mann anrufen und ihm sagen, dass du heute Nacht bei mir schläfst. Ich hoffe für dich, er ist einer, der das versteht.«

»Michael ist in Rumänien«, sagte ich. Es war März 1990, drei Monate zuvor waren Ceauşescu und seine Frau erschossen worden, Michael war mit einem befreundeten Regisseur unterwegs, es sollte eine Dokumentation über die Revolution daraus werden. »Ich kann die Kinder nicht allein lassen.«

»Aber dein Ältester ist doch schon groß«, sagte sie.

»Oliver ist schon erwachsen, ja«, lachte ich. »Er studiert in Wien, Zoologie.«

»Schon erwachsen? Der Oliver? Das kann nicht sein, Moni! Da irrst du dich!«

»Gloria«, sagte ich, »Gloria, ich irre mich nicht. Ich war es nämlich, die ihn zur Welt gebracht hat.«

Ein bisschen lachten wir.

»Und dein zweitältestes Kind? Wie viele Kinder hast du denn?«

»Vier.«

»Mein Gott …«

»Zwei von meinem ersten Mann, zwei von Michael.«

»Mein Gott …«

»Aber das weißt du doch, Gloria!«

»Ja, schon, aber wenn man das so hört … so frisch aus

dem Mund der Mutter … Und wie alt ist dein zweitältestes Kind?«

Ich kam ihr nicht aus. Ich rief zu Hause an, fragte Undine, ob sie eine Nacht auf die Kleinen aufpassen könne.

»Legen wir uns wieder oben in unserer kleinen Wohnung hin aufs Bett?«, fragte Gloria. »Das wäre mein größter Wunsch!«

Unsere kleine Wohnung … – Ich setzte mich neben den Indianer und sein Zelt, und wir schauten auf den Fluss und sahen die Dinge vorbeischwimmen, die Männer, die Frauen. Liebe Schwester Amatha, wie geht Poesie? Ich weiß es bis heute nicht. Dabei denke ich unablässig darüber nach. Sigmund Freuds *Traumdeutung* habe ich von meinem Vater geerbt, es ist eine alte Ausgabe aus dem Deuticke Verlag von 1914, ich halte sie in Ehren. Ich hatte sie mit nach Zürich dabei in meinem Koffer, bin aber nicht dazu gekommen, weit darin zu lesen. Vielleicht hole ich es nach. Ob ich dann besser über das Schreiben Bescheid weiß?

Als wir damals aus Zürich zurückkehrten, wollten wir nicht – Gloria nicht vor ihre Mutter, ich nicht vor meinen Vater – hintreten und uns wieder eine Lüge ausdenken, warum wir schon jetzt da sind, nach nur einem Tag. Wir standen früh auf – in unserer Suite im *Baur au Lac*! –, bombastisches Frühstück, Gloria bezahlte, unsere Koffer stellten wir in der Rezeption unter, dann ließen wir uns mit dem Taxi zum Zoo fahren und schauten uns die Tiere an. Die Affen, die Löwen, die Tiger, die Nashörner. Den Eisbären, der nichts anderes tat, als auf und ab zu gehen, sechs Schritte hin, sechs Schritte her, ich habe mitgezählt. Bevor wir den Zoo verließen, sind wir noch einmal an seinem Käfig vorbei, da ging er immer noch, das war eine Stunde später, immer noch sechs Schritte hin, sechs Schritte her.

Damals war ich es, die vorschlug, dass wir uns mit Brot, Butter, Wurst und Käse eindecken und durch die Kellertür in das große Haus schleichen, die Mutter würde es nicht merken, es gab eine Hinterstiege, früher Personalstiege genannt, die führte bis in den zweiten Stock hinauf, von dort dann weiter über die steile Treppe in die Wohnung unter dem Dach. Dort, sagte ich, verbringen wir ein paar Tage und Nächte, man wird uns nicht bis ins Erdgeschoss hören, es würde ebenso schön und aufregend sein wie Amerika. Wir saßen im Zug zurück nach Bregenz, und Gloria hüpfte im Gang draußen vor unserem Abteil 1. Klasse herum wie eine Vierjährige und freute sich wie eine Vierjährige und freute sich, dachte ich, wie sie sich über eine Amerikareise gar nicht gefreut hätte. Den Koffer mit den vielen Sachen, die sie in Zürich eingekauft hatte, ihre Sachen, die Sachen für mich, ließ sie, als wir ausstiegen, einfach im Abteil stehen. Die lilafarbenen ellbogenlangen Handschuhe hatte ich schon vorher in meinen Koffer gesteckt. Wir taten beide, als hätte es nie einen dritten Koffer gegeben. – Nebenbei: Am nächsten Tag ging ich zur Fahrdienstleitung und fragte, ob ein großer neuer Koffer im Zug von Zürich gefunden worden sei. War nicht.

Ich wusste nicht, ob ich es glauben sollte: Gloria behauptete, sie sei noch nie in der kleinen Wohnung oben unter dem Dach gewesen. Sie sei hinaufgestiegen, das schon, bis vor die Tür, aber die Schnalle niedergedrückt habe sie nie. Ich fragte, warum nicht.

Sie antwortete: »Ich habe mich gefürchtet, dass er aufmacht.«

»Dass wer aufmacht?«

»Mein Daddy.«

Da hatte ich gedacht, ich müsse etwas klären, bevor wir uns zwei Tage und zwei Nächte hier oben einsperren, endgültig etwas klären. Ich sammelte mich zu einem Monolog. Den sollte sie meinetwegen aufschreiben und auswendig lernen und ihn bei der Aufnahmeprüfung in Wien hersagen, den habe eine junge Dichterin geschrieben, von der die Welt bald mehr hören werde.

»Bitte, Gloria«, hob ich an, als wär's *Die Bürgschaft* von Schiller, »tu nicht blöd! Und tu nicht besonders! Wir sind nicht nach New York geflogen. Und warum sind wir nicht? Nicht, weil uns der Mann am Flughafen nicht gelassen hat, sind wir nicht. Wahrscheinlich hätte uns tatsächlich ein anderer gelassen, irgendwie hätten wir es hingekriegt. Wir sind nicht geflogen, weil es den Daddy in New York nicht gibt. Und hier oben gibt es den Daddy auch nicht! Dein Daddy ist ein Spinnwebmann, mehr Luft als Fleisch und Knochen. Deine Mutter hat dich ohne Mann aus sich selber herausgedrückt. Du bist das Fräulein Jesus, und deine Mutter ist die Jungfrau Maria. Wir beide wissen nichts über die Welt. Wir wissen nicht, ob sie gut ist oder schlecht ist. Wenn sie gut ist, dann sollten wir uns leidtun, weil wir es nicht wissen. Wenn sie schlecht ist, genauso. Du wirst das Reinhardt Seminar schaffen, ob es deinen Daddy gibt oder nicht gibt. Wenn du etwas tust, was nicht notwendig ist für dich, und es trotzdem immer wieder tust, dann bist du wie der Eisbär. Willst du ein Eisbär sein? Also sag in meiner Gegenwart nicht mehr Daddy! Sonst schreie ich und höre nie wieder auf. Oder ich muss dich erschlagen. Das wollen wir beide doch nicht, oder?«

Da sagte sie es: »Können wir diesen Punkt abschließen? Endgültig?«

Nun war er verblödet und hat mit Daumen und Zeigefinger auf uns geschossen. Aus. Vorbei. Die schöne Zeichenstunde. Das Bild dieses Mannes war ausgelöscht. Gloria hatte eine Fotografie besessen. Die war hinten und vorne mit Klebstreifen gegen Verfall gesichert. Darauf zu sehen, von Faltknicken durchzogen, ein Mann. Schwarz-Weiß. Wie er so in die Kamera schaute, wirklich klasse, ein Typ wie James Dean. Ich solle mir ihre Wangenknochen ansehen und dann seine. Das sei er. In Bregenz am Bahnhof hatten wir uns eine Schachtel *Smart Export* gekauft, als Erstes oben unter dem Dach zündeten wir uns eine Zigarette an, in der Streichholzflamme verbrannte sie das Bild.

Nun war er verblödet und hatte auf uns geschossen.

Als wir wieder nach so vielen Jahren oben unter dem Dach nebeneinander im Bett lagen, in dem seither niemand mehr gelegen hatte, fragte mich Gloria: »Kannst du dir vorstellen, dass sich der mit meiner Mutter im Bett gewälzt hat? Dass der seinen Saft in sie hineingespritzt hat, aus dem dann ich geworden bin?«

Sie solle ihm verzeihen, sagte ich. Dass er sich nicht um sie gekümmert hat. Um sie nicht und ihre Mutter nicht. Dass er ist, wie er ist.

»Das mit dem Verzeihen habe ich mir oft überlegt«, antwortete sie und holte tief Atem, wir lagen nebeneinander auf dem Rücken, und sie griff nach meiner Hand. »Ich weiß, Moni, du denkst, die Gloria kann gar nicht richtig denken im Kopf, die war ihr ganzes Leben nur schön, da muss eine nicht denken. Und das stimmt ja auch. Aber ganz stimmt es eben doch nicht. Kann ein Kind dem Vater überhaupt etwas verzeihen? Wenn ich einem anderen etwas verzeihe, dann muss ich doch eigentlich stärker sein als der, was meinst du? Dann muss ich über ihm stehen, irgendwie muss ich über ihm drüberstehen. Dann sage ich zu ihm hinunter: Du hast das und das getan, aber ich verzeihe dir. Aber ein Kind ist ja immer unter dem Vater. Das hat ja gar nicht die Macht, dass es sagen könnte, ich verzeihe dir. Das würde immer nur so tun, als ob es das könnte. Das aber wäre zum Lachen. Das wäre, wie wenn es sagen würde, ich bin ein Tiger, was ja nur heißen würde, ich spiele jetzt einen Tiger. Dann knurrt das Kind, vielleicht hat es sogar Angst vor sich selber, aber die anderen würden lachen, weil sie wissen, die Kleine hat ja erst Milchzähne. Verstehst du, was ich meine? Als Kind könnte ich höchstens sagen, ich räche mich, irgendwann räche ich mich. Und wie bitte sollte das gehen? Er hat mir ja nichts getan. Er hat eben nichts getan. Ich wäre gar nie auf die Idee von einem Vater gekommen. Das war die Idee meiner Mutter. Mir war der eigentlich immer egal. Und jetzt erschießt er mich.«

Das war Glorias Monolog.

Es war schon längst über Mitternacht, wir waren immer noch in den Kleidern, immer noch nicht zugedeckt, lagen immer noch auf dem Rücken, zwischendurch hatte Gloria ein bisschen geschnarcht, ich wahrscheinlich auch. Ich wachte auf, weil ich sie singen hörte:

Meine Herrschaften!

Wollen Sie mein Hündchen sehen

Es liegt unter meiner Decke

Ich habe festgestellt

Wenn ich es Euch zeige

Bekomme ich Schillinge, weil es so süß ist

*

Ach, wäre ich nur so süß wie mein Hündchen!

Ach, wäre ich nur so süß wie mein Hündchen!

*

Ich könnte mir Zuckerwatte kaufen

Einen kleinen Wodka zum Aufwärmen

Fäustlinge vielleicht

*

Meine Herrschaften!

Ich wünsche Ihnen gesegnete Weihnachten

Glück für Eure Schoßhündchen

Ich habe festgestellt

Hätte ich ein Hündchen

Bekäme ich Schillinge

Und könnte mir ein wenig vom Glück kaufen

*

Ach, wäre ich nur so süß wie mein Hündchen!

Ach, wäre ich nur so süß wie mein Hündchen!

»Kennst du das?«, fragte sie. »Das hast du für mich geschrieben. Das musst du doch wissen. Als wir in der Bank nebeneinandersaßen. Ich habe dir zugeschaut, wie du es geschrieben hast. Die Amatha war begeistert. Ich habe es ihr gezeigt. Zuerst war ich in Versuchung zu tun, als hätte ich es geschrieben. Das habe ich dann doch nicht. Das hat die Monika für mich geschrieben, sagte ich zu ihr. Da war sie sehr eifersüchtig. Ich sage ja, sie war in dich verliebt. Vielleicht hätte ich lesbisch werden sollen. Ich habe mich eh bemüht. Keine Wirkung bei mir ...«

»Und von wem ist die Melodie?«, fragte ich. »Die ist sehr hübsch.«

Ach, die sei nur so dahinimprovisiert, einmal singe sie so, dann anders. Ob ich ihr nicht wieder ein Lied schreiben könne. Oder eine Novelle. Theaterstück nicht, das wisse sie inzwischen. Aber diesbezüglich sei ihr Datum ohnehin abgelaufen. Ein ganzer Roman sei sicher zu viel verlangt.

Sie sagte: »Erzähl mir wenigstens, wie es ist, wenn man ein Kind kriegt, Moni. Aber nur, wie es beim ersten Mal ist. Mehr als ein Kind möchte ich nämlich nicht.«

»Du bist schon über vierzig«, sagte ich.

»Ich bin in ständigem Kontakt mit meinem Gynäkologen«, sagte sie.

»Und ein Kind von wem?«, fragte ich.

»Das weiß ich noch nicht. Ich krieg immer einen, wenn

ich will. Schau mich doch an! Ich bin dreiundvierzig und sehe aus wie höchstens dreißig. Wie eine gutaussehende Dreißigjährige. Eine Dreißigjährige heute ist wie eine Zwanzigjährige vor zwanzig Jahren. Bitte, Moni, erzähl mir, wie es ist.«

Als mein erster Mann und ich in Tegernsee gewesen waren und ich eineinhalb Monatsgehälter meiner Schwiegermutter vertelefonierte, hatte mich Gloria ausgefragt, wie es ist, schwanger zu sein – damals waren wir zwanzig –, und ich hatte ihr ausführlich berichtet. Dies nun würde also die Fortsetzung sein. Als wären seither nicht zwanzig Jahre vergangen, sondern nur neun Monate.

Mein erstes Kind wollte zu früh aus mir herausschlüpfen. Ich verlor das Fruchtwasser, rief nach meinem Mann, ich müsse ins Krankenhaus, sofort. Er saß vor dem Fernseher und schaute *Rio Grande* an. Ich schüttelte ihn, es ist so weit, unser Kind. Ich solle ihn fertig schauen lassen, sagte er. Weil er nichts wusste, wie Adam. Im Entbindungsheim stand er an meiner Seite, und ich presste. Er wurde ohnmächtig und musste hinausgetragen werden. Das Kind war ein Bub, und auf seiner Stirn war eine große Beule. Die Hebamme versprach, ich würde erst entlassen, wenn die Beule verschwunden sei. Jeden Tag brachte sie mir das Kind, und jeden Tag war die Beule ein wenig kleiner. – Wenn ich heute meinen Sohn anschaue, er ist fünfzig, bilde ich mir ein, die Beule noch zu sehen, aber nur ich sehe sie. – Er wurde am 1. Mai geboren, zwei Männer von der Kaufmannschaft kamen und machten ein Foto von Mutter und Kind. Ich sagte, ich will mein Kind nicht herzeigen. Am nächsten Tag war ich allein in der Zeitung abgebildet, darunter stand: »Die Mutter eines 1.-Mai-Kindes.« Ich blieb drei Wochen in diesem Heim, es würde bald aufgelöst, hieß es, es sei altmodisch. Ich wurde verwöhnt. Ich hatte so viel Milch, dass abgepumpt werden musste. Ich fragte die Hebamme, was damit geschehe. Sie sagte, sie koche sich einen Vanillepudding daraus. Da lachten wir, aber ich glaubte ihr. Als ich entlassen wurde, hatte mein Bub keine Beule mehr.

Ich fragte Gloria, was aus Andrea geworden sei. Ob er vielleicht in Frage käme. Wenn ich richtig rechne, müsse er jetzt so gegen Mitte sechzig sein. Wenn es mehr nicht werden soll als schwängern, könnte seine Frau sicher überredet werden. Ein schöner Mann, ein kluger Mann, ein Mann, den sie geliebt habe, der sie geliebt habe. Ob sie es sich mit dem vorstellen könne? Ob sie nie mit ihm?

»Nein, nie«, sagte sie.

Wer mehr wissen will, muss sie selber fragen.

»Glaubst du, ich bin verrückt?«, fragte sie.

Unter normalen Umständen hätte ich geantwortet: Ja. Weil man auf so eine Frage unter normalen Umständen nur mit Ja antworten kann. Normal sind die Umstände, wenn der Betreffende nicht verrückt ist.

Sie hatte nichts im Haus. Darum lud sie mich am nächsten Morgen in die Konditorei *Bohle* zum Frühstück ein. Sie habe Lust auf Kuchen, sagte sie. Sie beugte sich über die Theke, konnte sich nicht entscheiden. Sie nahm vier Stück.

»Den da, den da, den da und den da.«

Von jedem probierte sie ein Löffelchen. Ich bin nicht scharf auf Kuchen. Der Rest ging zurück. Demonstrativ und mit bösem Gesicht wischte die Bedienung die Köstlichkeiten in den Mistkübel.

Wir saßen da und schwiegen. So saßen wir oft nebeneinander, und dass wir nichts sagten, das hatte nichts zu bedeuten.

Schließlich sagte ich: »Erinnerst du dich an den Nachmittag, als du mir nach der Schule den Schlüssel zu eurem Haus gegeben hast. Du hast gesagt, ich soll auf dich warten. Du hast gesagt, du gibst Nachhilfestunden in Mathe. Erinnerst du dich?«

Sie erinnerte sich. Ohne Mühe.

»Wo warst du?«, fragte ich.

Sie antwortete: »Ich wusste, dass du mich das irgendwann fragen wirst. Ich hatte Sex. Zum ersten Mal im Leben Sex.«

»Wie Sex?«, fragte ich.

»Ich habe zum ersten Mal im Leben einen Schwanz in der Hand gehabt.«

»Das ist Sex, ja«, sagte ich. »Und weiter?«

»Weiter nichts.«

Gloria brachte mich zum Bahnhof, winkte mir nach, als wäre es das letzte Mal, dass wir uns sehen. Deutete mit den Zeigefingern auf ihre Augen. Sollte heißen: Ich weine.

Wenige Wochen später starb ihr Vater. Sie lud mich zur Beerdigung ein. Ich sagte, das wolle ich nicht, ich hätte ihn ja gar nicht gekannt. Sie sagte am Telefon, wenn ich nicht gehe, gehe sie auch nicht. Sie habe ihn ja auch nicht gekannt, keinen Deut besser als ich.

Das war vor dreißig Jahren. Heute sind wir beide über siebzig.

»Moni?«

»Ja.«

»Hast du auch gedacht, er erschießt uns?«

»Nein, das habe ich nicht gedacht.«

»Warum hat er seinen Hahn erschossen? Es war doch sein Hahn. Es war doch ein schöner Hahn. Er hat nur am Morgen und am Abend gerufen. Sonst war er still. Warum hat er das getan?«

»Ich weiß es nicht.«

»Soll ich dir sagen, was ich denke? Ich denke, er hat den Hahn wegen uns erschossen.«

»Das wäre sehr verrückt, Gloria.«

»Er hat geglaubt, wir beide sind so etwas wie eine Erscheinung.«

»Dann wäre er allerdings wirklich verrückt gewesen.«

»Weil wir uns an diesem Morgen genau gleich angezogen haben und nur weiß. Wir hatten sogar eine weiße Schleife im Haar.«

»Daran erinnere ich mich nicht.«

»Doch. Hatten wir.«

»Und darum erschießt er seinen Hahn? Und warum hat er auf uns gezielt?«

»Hast du dir nie Gedanken darüber gemacht, Moni?«

»Eigentlich nicht, nein. Ich habe es vergessen. Jetzt, wo du damit angefangen hast, ist es mir wieder eingefallen.«

»Ich habe immer daran gedacht. Was wäre, wenn er uns auch erschossen hätte.«

»Dann hätten sie ihn eingelocht.«

»Wenn man ihm draufgekommen wäre. Und wenn nicht?«

»Das wäre man. Da bin ich mir sicher.«

»Das ist beruhigend. Danke, Moni.«

»Gern geschehen, Gloria.«